세이프 시티

세이프 시티

손보미 소설

차례

1

어떤 기억을 없애고 싶어? 지우고 싶은 기억이 있어요?

그녀는 어둠 속에 누워, 그날 저녁 임윤성이 한 말을 떠올리는 중이었다. 그 말을 할 때 임윤성은 그녀의 집 소파에 앉아 있었다. 셔츠의 두번째 단추까지 풀어둔 채, 편안하고 느긋한 태도로.

그녀의 옆에서 잠든 남편은 약하게 코를 골고 있었다. 그녀는 남편 쪽으로 돌아누웠다. 그의 몸에서 규칙적으로 흘러나오는 소리를 듣는 게, 그녀는 좋았다. 안심이 되었다. 숨을 들이쉬고 내쉴 때마다 오르락내리락하는 그의 가슴팍에 손바닥을 댄 채 그녀는 생각했다. 커다란 몸, 커다란 개 같아. 아닌가? 평화로운 곰인가? 어쨌든 오늘 밤, 남편은 오랜만에 편안하게 잠든 것이다.

그녀는 경찰이었고, 칠개월 전 휴직계를 냈다. 그후로 밤새 한숨도 못 자는 날이 늘어났다. 그리고 어느 날부터인가 그녀의 남편도 그녀처럼 잠들지 못하는 일이 종종 생겼다. 남편은 원래 누가 업어가도 모를 정도로 깊이 잠들곤 했기 때문에 퀭한 얼굴로 출근하는 그를 볼 때마다 그녀는 그게 모조리 자신의 탓인 것 같아서 괴로워졌다. 내가 남편에게 나쁜 영향을 끼치고 있는 게 분명해.

그녀가 이런 생각을 한다는 걸 알게 된다면 임윤성은 웃음기 없는 진지한 얼굴로 이렇게 말하리라.

"아니에요. 불면증은 그런 식으로 영향을 미치지 않아요."

그녀와 남편은 '불면증'이라는 단어는 쓰지 않았다. "밤새 한숨도 못 잤어" 혹은 "왜 이렇게 잠드는 게 힘들지?" "자다가 깼지 뭐야" 이런 말은 했을지언정 "나 불면증인가봐" 혹은 "당신, 불면증 아니야?"라고는 절대 하지 않았다. 하지만 그녀는 임윤성이라면 두루뭉술한 표현 대신 바로 그 단어 —불면증—를 사용하리라고 (아무런 근거도 없으면서) 확신했다. 임윤성이 거만하다거나 뻣뻣하게 구는 타입이라는 의미는 아니었다. 그저 누군가 애매모호한 표현을 사용하거나 (그게 농담이라 할지라도) 어리석은 생각을 품는 (것처럼 보이는) 상황 자체를 견디지 못했다.

"아, 이게 무슨 쓸데없는 생각이람."

어둠 속에서 그녀는 중얼거렸다. 임윤성은 그녀가 이런 생각—남편이 잠을 이루지 못하는 게 자기에게 전염되어서라는—을 한다는 사실을 알 리가 없었다. 그러므로 그녀가 임윤성에게 '불면증'이라는 단어를 들을 일도 없었다. 그런 생각을 하며, 그녀는 조용히 침대에서 빠져나갔다.

임윤성과 그녀의 남편은 대학 시절 친구였다. "절친이었지." 남편의 설명에 따르면 전기공학을 전공하던 대학 시절, 임윤성은 과 수석을 놓친 적이 없었고 졸업 후에는 갑자기 생명과학 쪽으로 전공을 바꾸어 외국으로 유학을 떠났다. 정말 뜬금없었지. 남편은 고개를 흔들었다. "그런데 알고 보니까 그게 정말 대단한 선택이었던 거야." 몇년 전 임윤성이 한국으로 돌아오면서 남편과 다시 연락이 되었고, 둘은 간간이 만나기 시작했다. 그리고 언젠가부터 그 만남이 부부 모임으로 이어졌다. 자주 만난 건 아니었다. 아닌가? 자주인가? 그녀는 고개를 갸웃거렸다. 일년에 세번쯤. 그때마다 임윤성은 슈트 차림이었다. 식당에 도착해서 자리에 앉자마자 넥타이를 풀어서 재킷 주머니에 구겨서 집어넣었고, 재킷은 벗어서 아무렇게나 의자에 걸쳐두었다. 집으로 돌아갈 때에는 주머니에서 주섬주섬 (구겨진) 넥타이를 꺼내 다시 맨 뒤 (역시 구깃구깃해진) 재킷을 입고는 했다.

임윤성은 BCI(Brain Computer Interfaces)기술을 다루는 '뉴랜즈 브레인'의 핵심 부서에서 근무하고 있었는데 자신의 일에 대해 말하는 걸 좋아했다. 떠벌린다는 느낌은 아니었다. 전혀 아니었다.(당연히 아니었다. 그에게는 엄격한 보안 사항들이 있었다.) 그보다는 자신의 일을 너무 사랑해서 어쩔 줄을 모르는 것처럼 보였다. 때때로 세상에 가치 있는 일은 그것 ─ 뇌와 인공지능 혹은 기타 등등과 관련된 기술들 ─ 뿐이라는 듯 굴었다. 지난 몇년 동안 뉴랜즈는 폭발적인 성장세를 보이는 중이었다. "한번 상상해봐요. 원숭이의 뇌에 칩을 이식하면 그 원숭이는 생각만으로 게임을 할 수 있게 된다니까요?" 그녀는 원숭이를 싫어했다. 상상만으로도 소름이 끼쳤다. 그녀가 원숭이를 싫어하든 말든 뉴랜즈 브레인, 아니 임윤성이 이끄는 팀은 원숭이가 생각만으로 게임을 할 수 있는 기술을 만들었다. 그리고 뉴랜즈는 이제 주식 상장을 앞두고 있었다.

"회사가 이렇게까지 큰 건 순전히 이이 덕분이죠." 그녀는 임윤성의 아내, 최진유가 자랑스럽다는 듯 임윤성의 어깨를 쓰다듬는 걸 보았다. 최진유는 의사였다. 키가 175센티미터 정도로 무척 큰 편이었는데 항상 하이힐을 신었다. 그래서 180센티미터가 넘는 그녀의 남편과 함께 서 있어도 그렇게 큰 차이가 나지 않았다. 머리카락은 언제나 짧게 잘라서 귀 뒤로 넘겨두었다. 캐주얼한 복장을 즐겼지만 화려한 귀걸이를 착용하는 걸 좋아했다. 왼쪽 네번째 손가락에는 결혼반지를 끼고 있었다. "잘 때도 뺀 적이 없어요." 동작은 느릿했고 말을 하면서 손짓을 많이 했는데 무슨 의도가 있는 건 아니었다. 이런저런 단체 — 동물 보호단체, 아동복지재단, 그리고 미혼모를 돕는 단체 등등 — 에 정기적으로 기부를 해오고 있다고 했다. 하지만 아프리카나 제3세계를 돕는 재단, 혹은 태평양의 고래 나 북금곰을 위한 단체에는 기부를 하지 않는다고도 덧붙였다. "내 이웃의 일부터 해결해야죠." 자신은 욕심이 많지 않아서 쉽게 만족한다고, 그래서 지금 자신의 일 — 페이닥터 — 이 딱 적성에 맞는다는 말도 했다.

"믿을 수 있어? 우리를 구원할 수 있는 게 오로지 과학기술뿐이라고 생각하는 사람이 있다는 걸?"

부부 모임을 끝내고 집으로 돌아가는 차 안에서 그녀는 남편에게 이런 질문을 던졌다. 하지만 그건 이치에 맞지 않은 질문이었다. 왜냐하면 그들은 바로 그러한 사람을 만나고 돌아가는 중이었기 때문에.

다섯달 전쯤 늦겨울 추위가 기승을 부리던 때, 임과 최가 그들 부부를 집으로 초대한 일이 있었다. 그들이 집에서 만난 건 처음이었다. 그녀의 '불면증'이 점점 심해지던 시기였고, 외출도 하지 않고 아무도 만나지 않던 시절이었다. 남편을 기다리는 것. 그녀가 하는 일이라고는 오로지 그것뿐이던 시절. "다른 사람의 집에 가는 게 당신 기분 전환에 도움이 될 거야." 그는 그녀를 껴안으며 그렇게 말했다. 그랬나? 기분 전환이 되었나?

그랬다. 그건 도움이 되었다. 정말로 그랬다.

임 부부는 강이 내려다보이는 신시가지에 자리한 고층 아파트의 삼십층으로 이사를 한 참이었다. "저기가 원래 기찻길이었다는 게 믿어져요?" 발코니에 선 최진유가 공원을 손가락으로 가리키며 물었다. 지상으로 어둠이 서서히 깔리고 있었다. 건너편 건물들의 윤곽이 공원을 둘러싼 것처럼 어둑한 대기 속에서 반짝거렸다. 십년 전까지는 그곳에 낡은 기찻길이 이어졌다. 기찻길 주위는 '버려진 것'이나 다름없다고 평가받았다. '죽기 직전의 구역'이라고. 버젓이 그곳에서 사는 사람들이 있는데도 어떤 이들은 그렇게 말했다.

십수년 전부터 이 도시는 '다시 태어나는 중'이었다. 그녀가 그렇게 생각했다는 게 아니라 이 도시의 슬로건이 그랬다. 새 도시 ─ 다시 태어나는 도시. 이 슬로건을 발표하던 날, 전임 시장은 잠시 눈을 감았다가 뜨며 말했다. "눈을 감고 우리가 살고 있는 도시를 떠올려보십시오." 시장은 재선에 성공했지만 임기 중에 암 진단을 받았고 감은 눈을 다시는 뜨지 못했다. 그다음 시장으로 선출된 이는 도시 설계의 실질적 주역이었던, 전시장의 오른팔이었는데 '다시 태어나는 도시' 프로젝트를 (당연히) 계속 이어나갔다. 마치 고장 난 기계의 부품을 갈아 끼우는 것처럼 아주 단순하고 거침없는 방식으로. 어딘가가 무너지고 사람들이 사라지고 새로운 장소가 들어서는 식으로. "우리가 도시를 고치고 있는 겁니다." 시장이 말했다. 언론에서는 도시가 얼마나 살기 좋아졌는지 앞다투어 보도했다. 삼엄한 경비, 최신식 출입 시스템, 쾌적한 주변 경관, 시민에게 돌려주는 풍경, 좋은 숨을 품은 길 등등.

갑자기 살 곳을 잃어버린 사람들을 다루는 언론도 있었지만 대부분은 '작고' '성가신' 소요나 저항으로 치부되었다. 시장은 이들에 대해 일언반구도 하지 않았다. 마치 그런 일은 일어나지도 않았다는 듯이. 그 '작고' '성가신' 소요를 찍은 유튜브 영상에는 이런 댓글이 달렸다. "버틴다고 다 되는 게 아니야."

임기를 마친 시장은 압도적인 득표율로 재임에 성공했다. 그리고 이제 세번째 선거를 준비하는 중이었다.

2

지금도 여전히 남아 있는 구도심들이 있다. 도시 외곽에 있어서 '선택'을 받지 못한 지역(도시 전문가라고 불리는 사람들은 이런 곳을 개발하느라 돈을 들이는 게 '낭비'라고 말했다. "이 시대에 우리가 제일 경계해야 하는 게 뭔지 압니까? 낭비입니다. 낭비는 용서받지 못할 죄입니다"), 개발 지역으로 지정되었지만 이런저런 이유로 시작조차 하지 못한 곳도 있었다. 그런 지역에 사는 사람들이 우왕좌왕하다가 서로를 미워하게 되는 경우도 많았다. 새로 개발된 도시 중앙의 상업지구와 그 사이로 여전히 남아 있는 구도심들의 경우가 그랬다. "이 모든 갈등의 핵심에는 수익성이 있죠. 수익성이 높다면 이런 문제들이 왜 발생하겠습니까?" 전문가들은 말했다. 보잘것없는 빌딩들이 다닥다닥 붙어 있고, 아주 오래전에 그곳에 터를 잡은 (늙은 세무사가 운영하는) 세무서나 용역 회사, 이제는 손님이 거의 없을 것 같은 인쇄소나 정체를 알 수 없는 물품을 다루는 사무실들이 여전히 남아 있는 곳. 간판은 아무리 정비 사업을 거듭해도 여전히 어수선하고 혼란스러운 느낌을 자아냈고 길은 좁고 복잡했으며 건물과 건물 사이에는 전선이 얽혀 있는 곳. 대부분의 건물에는 생체 시스템을 이용한 출입 제한 같은 것도 없었고 심지어 열쇠를 사용하는 곳도 많았다. CCTV는 고장 난 경우가 다반사였다. 그래도 여전히 누군가의 삶의 터전이 되는 곳. 밤이 되면 텅텅 비었지만 낮 동안에는 오고 가는 사람들로 활력을 품었다. '다시 태어나는' 것에는 실패했지만 그래도 여전히 죽지 않고 살아 있는 곳.

머지않아 죽기 직전의 구역이 될 위험성을 품은 곳.

죽어버린 구역도 있었다. 짓다 만 건물들, 혹은 부수다 만 건물들이 방치된 곳. 건물 입구를 커다란 철제 자물쇠로 채운, 마치 시간이 멈춘 것 같은 그런 장소들. 몇년 전 한 탐사 보도 프로그램에서 이런 장소 중 한 곳을 취재한 적이 있었다. 부서진 지 오래되어 보이는 자물쇠를 열고 건물 안으로 들어가자, 군데군데 솜이 드러난 때에 전 소파와 침낭, 각종 쓰레기와 먹다 남은 음식물, 그리고 불을 피운 흔적이 보였다. 마스크를 낀 기자는 그 안을 성큼성큼 걸어다니며 비닐장갑을 낀 손으로 버려진 콘돔이나 주사기 같은 걸 들어 보였다. 이런 지역들이 하나둘씩 늘면서 도시 전체의 절도나 노상강도 같은 범죄 발생률이 올라가고 있다고, 스튜디오 진행자는 심각한 표정을 지으며 말했다. 화면 속 그래프의 빨간 선이 위로 치솟았다. 하지만 진행자는 방치된 구역의 증가와 도시 전체의 범죄율 증가가 어떤 관련이 있는지, 도시 곳곳에 이런 장소가 왜 늘어나는지는 설명해주지 않았다.

어둑해진 후에 기자가 다시 그 건물을 찾아가는 장면
이 나왔다. 작은 랜턴을 가지고 안으로 들어가자 모여 있
던 사람들이 놀라서 뿔뿔이 흩어졌다. 기자는 그중의 한
명, 가출한 것처럼 보이는 작은 여자애 뒤를 끈질기게 쫓
았다. 카메라가 마구 흔들렸다. 숨소리와 욕설이 뒤섞였
다. 스튜디오 진행자가 걱정스러운 표정으로 말했다. "이
문제를 해결하지 않으면 앞으로 도시가 더욱 황폐해질 겁
니다." 곧이어 긴박감이 넘치는 음악이 흘러나오자 스튜디
오가 어두워졌다. 그리고 커다란 콘크리트 건물 한쪽 벽
면에 그려진 거대한 엑스 자가 한동안 화면에 떠올랐다.

엑스. 붉은 래커로 그어놓은, 확신에 찬 표식.

공중파 탐사 프로그램 대부분이 그랬듯이 수치로 나타
난 시청률은 미미했지만, 각종 커뮤니티나 SNS에서 이 방
송의 파급력은 엄청났다. 치솟는 범죄율 그래프와 엑스
자가 나온 화면으로 만든 쇼트폼은 조회 수가 그야말로
폭발했다.

얼마 지나지 않아 '문제가 있는' 구역의 위치를 알려주
는 유료 지도앱이 출시되었다. 앱 '세이프 시티'는 노후

화나 안전도에 따라 도시를 5등급으로 나누었다. 신시가지는 0등급, 방송에 나온 구역 같은 경우는 5등급. 0등급은 파란색 원 속, 눈과 입이 활짝 웃는 이모티콘이 표시되어 있었다. 1등급은 초록색 원 속에 웃는 이모티콘이, 2등급은 노란색 원 속에 입만 웃는 이모티콘, 3등급은 검정색 원 속에 무표정한 이모티콘, 4등급은 두 눈과 입을 찡그린 이모티콘이 표시되었다. 5등급 구역의 표시는 이모티콘이 아닌 빨간 엑스 자였다. 추가금을 결제하면 도시 전체와 그 구역에서 날마다 벌어지는 노상강도나 폭력 사건, 혹은 살인 사건 등의 범죄 수치를 확인하는 것이 가능했다. 0구역, 1구역, 2구역만 모인 지역도 있었지만 1, 2구역과 4, 5구역이 그리 멀리 떨어져 있지 않은 채로, 조금 과장해서 말하자면 뒤섞인 채로 위치하는 경우도 있었다. 도시 중앙에 가까울수록 그런 구역이 흔했다. 사람들은 '그런' 구역들이 도시의 번화가나 중심가 가까이 있는데다 (자신들이 예상한 것보다 훨씬 더) 도시 곳곳에 분포되어 있다는 사실에 놀라워했다. 매일 지나다니는 길과 그리 멀지 않은 곳에 그런 장소가 숨겨져 있었고 자신도 모르는 새 위

험에 노출되어 있었다는 (막연한) 감각 때문에 경악을 금
치 못했다. 이 앱은 불티나게 팔렸다. 사람들은 자연스럽
게 '엑스 구역'이라는 말을 쓰기 시작했다. 도시의 멍이라
고 부르는 사람들도 있었다. 아무런 거리낌도 없이, 멍, 여
기저기에 산발적으로 퍼져 있고 아무리 지우려 해도 사라
지지 않을 멍 자국이라고.

  하지만 누구보다도 이 사실을 심각하게 받아들인 이
들은 4, 5구역 가까운 곳에 위치한 1, 2구역 사람들이었
다.(0구역은 괜찮았다. 0구역은 완전히 안전했다.) 1, 2구
역 사람들은 재산 가치가 하락할까봐 전전긍긍했다. 비
상대책회의를 열고 대표 —— 대부분 변호사나 회계사, 혹
은 변리사였다 —— 를 선출했다. 대표들은 시장과의 만남
을 요구했다. 공청회를 열어달라고 했다. 시장은 그들을
만나줬다. 앞으로 시간이 얼마나 걸리든 이 문제를 해결
하는 데 총력을 다할 거라고, 4, 5구역에 대한 경비가 강화
될 거라고, 거기에 숨어드는 '잠재적인' 범죄자를 검거하
고 위험성을 감소하게 만들 거라고 호언장담했다. 그녀도
이 시절을 기억했다. 그녀가 근무하는 경찰서가 도시 중

앙에 있었다. 경찰서 근처에는 미술관과 음악당, 시청 청사와 관공서들이 모여 있었다. 세심하게 관리되고 있는 덕분에 대부분 건물들이 지어진 지 오래되었음에도 깔끔하고 고풍스러운 분위기를 풍겼다. 건물 내부는 최신식이었다. 경비 시설이 갖춰져 있음은 물론, 이용하기에 불편함이 없었다. 경찰서를 중심으로 동쪽에는 신시가지가, 서쪽으로는 구시가지가 있었다. 그리고 엑스 구역으로 이어지는 길도 있었다. "아니, 안 그래도 인력이 부족한데 우리더러 어떻게 하라는 거야?" 경찰서장은 짜증을 냈다. 각 팀은 조를 짜서 밤마다 빈 건물에 숨어든 노숙자나 가출 청소년들을 잡으러 나가야 했다. 한동안 경찰서 유치장은 가출 청소년과 노숙자로 북적거렸다. 겨울인데도 계속 창문을 열어두어야 했다.

어느 날 시장이 이런 발표를 했다. 1구역과 가까이 있는 4, 5구역을 대대적으로 정비하겠다고. 그 첫 대상이 바로 도시 중앙, 강이 내다보이는 지역이 되리라고. 땅값은 아주 비싸지만 섣불리 손댈 수 없었던 바로 그곳. "모든 일은 신속하게 진행될 것입니다. 이건 위대한 도전이 될 것입니다." 정말로 그랬다. 어떻게 그런 식으로 일이 진행될 수 있는지 알 수가 없었다. 4구역에 살던 사람들이 어디로 갔는지도 알 수가 없었다. 말 그대로 고장 난 부품을 그저 새 부품으로 갈아 끼우는 것처럼 '신속하게' 진행되었다.

공사가 진행되는 동안 (4, 5구역에 사는 사람들을 제외한) 사람들은 안도했다. 그렇다 하더라도 이 도시의 사람들이 엑스 구역이니 멍 자국이니 하는 것들을 완전히 떨쳐버린 건 아니었다. 아니, 사람들의 마음속에서 디지털 지도 안의 붉은 엑스 표시, 멍 자국이라는 이미지는 절대로 사라지지 않을 터였다. 오히려 그 장소와 그 장소를 드나드는 사람들의 존재에 대한 혐오감은 강해졌다. 혐오감이 강해지면 강해질수록 사람들 사이에서는 그게 언제든 없앨 수 있고, 사라지게 만들 수 있는 대상이라는 믿음이 퍼져나갔다. 그리고 그런 믿음이 강화되면 강화될수록 (놀랍게도) 사람들의 머릿속에서 그곳이 어딘가에 실제로 존재하는 장소라는 생각은 점점 희미해져갔다.

그리고 드디어 반년 전에 세이프 시티 앱에 표시되었던 찡그린 표정의 이모티콘과 빨간색 엑스 표시 몇개가 파란색 원 속 웃는 모습의 이모티콘으로 바뀌었다. 그렇게 그 구역에 새로 들어선 건물 중 하나가 그녀가 넉달 전에 방문한, 임윤성과 최진유가 이사한 사십이층 아파트였다.

"오늘 밤, 대단한 구경거리가 있어요."

초대를 받아 그들 부부의 집을 방문했던 날, 네 사람은 식사를 끝내고 각자의 와인 잔을 든 채 창 쪽으로 놓인 소파에 앉아 있었다. 그들 부부 집에는 일회용품이라고는 단 하나도 찾아볼 수 없었다. 티슈 대신 패브릭 냅킨이 준비되어 있었고 물티슈 같은 건 아예 사용하지 않는다고 했다. 그녀는 그들 부부와 밖에서 식사를 할 때도 최진유가 좀처럼 티슈를 사용하지 않는다는 사실을 떠올렸다. 임윤성은 말했다. "아내의 신념을 존중하는 거죠."

그날 밤, 임윤성과 최진유의 집 거실에서 그녀는 와인은 한모금도 마시지 않을 생각이었다. 저 멀리 공원이, 그리고 그 너머로 깊이를 알 수 없는 강이 펼쳐져 있었다. 저 강 위로 차가운 숨을 품은 바람이 불고 있으리라. 그날 임윤성은 (당연히) 슈트 차림이 아니었다. 넥타이를 풀거나 재킷을 벗어둘 필요가 없었다. 임윤성은 체크무늬 셔츠를 입고 있었는데, 식탁 의자에 앉자마자 맨 위 단추 두개를 풀어버렸다. 그럴 거면 애초에 왜 단추를 끝까지 잠가둔 걸까? 그녀는 궁금했다. 저 단추를 언제 다시 채우게 될까? 저녁 식사를 하는 내내 그녀는 그런 생각을 하고 있었다. 자신이 그런 쓸모없는 생각에 집착하는 건 잠을 못 잔 탓이라고 확신했다.

그들이 소파에 앉아서 이런저런 이야기를 나누는 동안 창밖, 강 건너 허공에서 불빛이 일렁거리는 게 보였다. 레이저쇼가 시작되려는 참이었다. 최진유가 박수를 두번 치자 거실의 전등이 일순 꺼졌다. 강 건너편, 하늘을 찌를 듯이 높이 솟은 건물의 꼭대기에서 어둠을 뚫고 사방팔방으로 규칙적으로 퍼져나가던 불빛이 선명하게 그들의 눈앞으로 떠올랐다. 다채롭고 맹렬한 빛의 향연, 반사된 빛이 일렁거리던 검은 물결.

이상했다. 그 수많은 빛의 복잡하고 화려한 궤적을 바라보며 그녀는 자신이 근무했던 경찰서를 떠올리고 있다는 사실을 깨달았다. 도대체 왜? 휴직계를 낸 이후로 그녀는 한번도 경찰서와 관련된 생각을 (의식적으로든 무의식적으로든) 해본 적이 없었다. 그녀는 패배하는 심정으로 와인을 한모금 들이켜며, 매일 출근하던 시절을 떠올렸다. 경찰서까지 가려면 시내를 관통해서 삼십분 정도 운전을 해야 했다. 그때마다 그녀가 지나치던 구도심지가 있었다. 몇년 전 그곳 건물 중 하나에 불이 난 적이 있었다. 아 그랬지, 그런 적이 있었다. 도로에 인접한 칠층짜리 붉은색 콘크리트 건물, 누전으로 맨 위층에서부터 불이 시작되었는데 다행히도 화재는 빨리 진압이 되었다. 별다른 피해도 없었다. 다만 육층 외벽의 3분의 2와 가장 위쪽에 있던 커다란 간판 — '전통약재연구소' — 의 상당 부분이 불에 그슬려서 심각하게 파손되었다. 하지만 건물의 주인이나 세입자들은 그걸 교체할 필요성은 도통 느끼지 못했던 것 같다. 그을리고 파손된 벽과 손상된 간판 — '전 재 ㄱ소' — 은 그런 식으로 몇년 동안 꿋꿋하게 남아 있었다. 비가 오면 그을음이 섞인 검은 빗물이 벽을 타고 흘러내려서 빗물이 마른 후에도 땅 위로 긴 띠를 만들었다.

그래, 바로 그 건물이었다.

그녀가 호화로운 불빛들을 바라보며 떠올린 것.

운전을 하다 신호에 걸리면 창밖을 두리번거리다가 손상된 벽과 간판에 시선을 주고, 신호가 바뀌면 기계적으로 차를 출발시켰다. 하지만 한번도 그게 '불에 그슬린' 건물과 간판이라는 생각은 하지 못했다. 그것이 손상되고 파손되었다는 사실을 인식한 적도 없었다. 마치 처음에 지어질 때부터 그런 식으로 훼손된 것인 양. 그러니까 (조금 극적으로 말하자면) 그녀는 한번도 그 건물과 간판을 본 적이 없는 거나 마찬가지였다. 어떻게 그럴 수가 있었을까?

그녀가 그런 생각에 빠져 있는 동안 어느새 레이저쇼가 끝났다. 이번에는 임윤성이 박수를 쳤고 순식간에 거실이 환해졌다. 그녀는 약간 어리둥절한 기분으로 우두커니 자리에 서 있었다.

"너무 아름다웠죠? 정신이 완전히 빠질 만큼."

최진유가 그녀를 돌아보며 말했고 그녀는 무방비한 공격을 받은 사람처럼 고개를 끄덕였다. 그날, 집으로 돌아가기 위해 현관에서 신발을 신던 그녀는 자신들을 배웅하기 위해 서 있던 임이 두 손으로, 풀려 있던 옥스퍼드 단추를 차례로 다시 채우는 모습을 볼 수 있었다.

3

초대를 받으면 초대를 할 수밖에 없는 법.

그게 그날 저녁 임윤성과 최진유가 그들의 집을 방문한 이유였다. 어느새 계절은 한여름이었다. 도시를 감싼 열기는 밤이 되어도 쉽사리 사그라들지 않았다. 그럼에도 임윤성은 언제나처럼 슈트 차림이었고, 식사가 시작되기 전에는 재킷과 넥타이를 벗어서 의자 등받이에 아무렇게나 걸어두었다. 식사를 끝내고 그녀의 남편이 디저트로 복숭아 갈레트를 각자의 접시에 덜어줄 때, 시간을 확인한 임윤성이 뉴스를 봐야 한다고 했다. 다이닝룸 모니터를 켜자 한창 뉴스 프로그램이 진행 중이었다.

"아직 시작을 안 했네."

임윤성이 말했다.

"뭐가?"

남편의 질문에 임윤성이 뜻 모를 미소를 지었다.

"기다려봐."

음소거 버튼을 누르고 그들은 다시 이런저런 이야기, 하루만 지나도 까맣게 잊어버릴 그런 이야기로 돌아갔다. 그러다가 문득 그녀는 모니터에서 흘러나오는 영상에 사로잡혔다.

"뭘 봐?"

남편의 질문과 함께 다른 이들의 시선이 모두 모니터로 향했다. 음소거가 된 화면에서는 낡은 빌딩의 부서진 출입구와 계단, 절단 나버린 화장실 문을 차례로 보여주는 중이었다. 화장실 바닥에는 유리 조각과 파편들이 이리저리 굴러다녔고 화장실 안쪽, 개인 칸 문손잡이는 모두 망가져 있었다. 창문의 유리창도 모조리 깨져 있었다. 그녀는 화면 속 건물이 어디에 있는지 알 것 같았다.

남편과 함께 가본 적이 있었다. 분명히 가본 적이 있는 곳이었다.

"이 세상엔 정말 이상한 사람이 많아요. 그렇죠?"

최진유가 말했지만 별다른 흥미가 있는 것 같지는 않았다. 게다가 그들 모두는 이미 그것이 어떤 사건인지 알고 있었다. 이 도시에 사는 (약간 과장을 포함해서) 모든 사람들이 알고 있었다. 두어달 전부터, 상업지구로 활용되는 구도심의 3구역이나 4구역 건물에 침입한 누군가가 여자 화장실 문을 완전히 부수어버리는 일을 반복하고 있었다. 세이프 시티의 사건 사고 표식은 도시의 동쪽, 서쪽, 중앙, 외곽을 막론하고 마구잡이로 늘어가는 중이었다. 위치 선정에 무슨 패턴이 있는 것도 아니었다. 범행 발생 간격도 짧아서 지난 두어달 동안 적어도 열일곱개의 건물이 침범을 당했다. "저렇게 부지런한 범죄자라니!" 사람들은 혀를 내둘렀다. 범행 대상이 된 건물에 근무하는 여자들은 화장실 문이 수리될 때까지 근처 카페나 식당 혹은 옆 건물에 가서 아쉬운 소리를 해야 했다. 화면에는 얼굴을 모자이크 처리한 여자들의 말이 자막으로 나왔다. "불편해요, 정말 너무 불편해요!" 곧이어 기자의 말도 자막으로 표시되었다. "범인은 낮에 건물 부근을 돌아다니다가 건물 관리실에서 훔친 마스터키를 복사하여 사용한 것으로 추정됩니다."

　사람들은 유튜브와 인터넷 게시판을 통해 이 범죄에 대해 떠들어댔다. 누군가는 짓궂은 장난에 불과하다고 했고, 누군가는 여성혐오자의 재미없는 농담이라고 했다. 시간과 정성을 들인 악질 유머 같은 거라고. 며칠에 걸쳐 심혈을 기울여 장소를 탐색하고, 체계적이고 꼼꼼하게 계획을 세운 후에야 비로소 범행을 저지르는 것이라고. 사람들은 우스갯소리로 범인이 너무 부지런하다고 했지만, 부지런하다고만 되는 게 아니었다. 밤이 되면 텅텅 비는 거리, 경비가 허술해서 아무나 드나들 수 있고 부근에 CCTV가 없거나 고장 난 구역의 건물이어야만 범행 대상이 될 수 있었다. 그 말인즉슨 범죄자는 철저하게 장소를 선정하고 그곳으로 향할 때도 최대한 CCTV에 찍히지 않거나 찍혀도 하등 이상하지 않은 동선으로 움직인다는 의미였다. 범인에게는 그런 리스트가 이미 완성되어 있을 거라는 의견도 있었다. 건물 출입 방법을 꼼꼼히 기록하고, 화장실의 개수를 파악하고, 부수고 싶은 문의 재질에 따라 연장을 다르게 준비해야 했다. 대수롭지 않다는 듯 이렇게 말하는 사람들도 있었다. "뭐 어쨌든 누가 다치거나 죽은 것도 아니잖아요." 이 정도 범죄는 받아들일 수 있다는 듯이.

화장실 사건 수사가 후순위로 밀려났으리라고, 그녀는 생각했다. 도시에는 그것보다 훨씬 더 중요하게 다루어야 할 범죄들이 많았으므로.

"그런데 이해되지 않는 게 하나 있어요."

최진유가 입을 열었다.

"아무리 저소음 연장을 사용한다 해도 새벽에 무언가를 부수면 소리가 날 텐데 어떻게 한번도 들키지 않은 걸까요?"

그녀의 남편이 대답했다.

"뻔하죠. 일단, 요즘 저소음 연장들 기술이 좋아졌다는 거, 그리고 최대한 고립된 건물을 찾아 들어갔다는 것, 마지막으로, 사실 이게 제일 중요하다고 생각하는데, 사람들은 생각보다 밖에서 나는 소리에 민감하지……"

여기까지 말했을 때 최진유가 작게 소리쳤다.

"아, 나온다. 소리 좀 키워줘요."

그녀의 남편이 못 말리겠다는 듯 웃으며 볼륨을 키웠다.

"최근 뇌와 컴퓨터의 인터페이스를 연구하는 회사가 늘어나고 있는데요. 우리나라에도 해외 기업들과 어깨를 나란히 하는 회사가 있습니다. 몇년 전 척추가 손상된 하반신 마비 환자 뇌에 칩을 이식하는 것에 성공해서 세계적인 관심을 받기도 했죠. 최근 혁신적인 기술을 발표한 임윤성 박사님을 스튜디오로 모셨습니다."

화면 속 임윤성은 재킷과 넥타이를 단정하게 차려 입고 있었다. 최진유가 그들을 돌아보며 말했다.

"우리 남편, 너무 잘생기지 않았어요?"

그녀는 웃음이 나왔는데, 그녀 자신도 그 이유를 알 수 없었다. 그들은 다시 화면 속 임윤성에게 집중했다.

"이번에 저희가 연구 중인 부착형 칩은 몸을 움직이는 것뿐만 아니라 생각만으로 컴퓨터 모니터에 글자를 쓰거나 스마트폰으로 문자메시지를 보내는 것도 가능하게 합니다. 기존에는 금속 전극을 뇌에 삽입하는 방식을 사용했다면 이제는 간단하게 말해서 장치를 두피에 부착하는 방식을 사용합니다. (그러고 임은 엄지와 검지를 들어 보였다.) 이만한 장치에 배아줄기 세포에서 유래한 신경세포들이 들어 있습니다. 5제곱밀리미터 크기의 장치 하나에 평균 9만개의 신경세포가 담긴 셈이죠. 이 신경세포들이 두피의 미세 구멍을 통해 뇌에 이식되고, 특정 주파수의 빛 신호를 받으면 작동하도록 유전자가 변형됩니다. '광유전학' 기술을 사용한 거죠. 힘든 수술이 필요하지도 않고 나중에 원하면 쉽게 제거할 수 있습니다." 이렇게 말한 후 화면 속 임윤성은 바로 덧붙였다. "하지만 제거할 이유가 없죠." 임윤성은 진지하게 한 말인데 농담으로 받아들인 진행자가 웃음을 터뜨렸다.

임윤성이 모니터를 껐다.

"왜? 끝까지 보자."

최진유의 말에 임윤성이 대답했다.

"별 내용 없어, 뒤엔."

임윤성은 그녀 부부를 바라보며 말을 이었다.

"앞으로는 이런 연구들이 더 활발하게 진행될 거예요. 우리 회사에서 궁극적으로 목표하는 건 인간의 뇌를 인공지능과 결합(여기까지 말하고 임은 검지로 자신의 머리를 두번 두드렸다)하는 겁니다. 인간의 의식을 업로드하고 다운로드하는 거, 그런 게 가능한 세상이 곧 옵니다. 그렇게 되면 우리의 뇌는 영원히 살아 있게 되는 거예요. 우린 죽지 않을 겁니다."

그녀가 남편을 흘긋 바라보자 남편이 그녀의 손을 잡았다.

"인간의 기억을 조절할 수도 있게 될 거야."

임윤성의 말에 그녀의 남편이 이해가 안 된다는 듯 되물었다.

"기억? 조절? 조작? 뭘 어떻게?"

"이를테면 특정 기억을 없앤다든가……"

"기억을 되살리는 게 아니고요?"

그녀가 갑작스럽게 던진 질문 때문에 최진유가 그녀 쪽으로 고개를 돌렸다. 하지만 최진유의 표정에서는 아무것도 읽을 수가 없었다. 먼저 입을 연 건 그녀의 남편이었다.

"기억을 없애는 걸 원하는 사람들이 있기야 하겠지."

그녀가 여전히 이해가 안 된다는 듯 멀뚱한 표정을 짓고 있었기 때문에 이번에는 최진유가 고개를 흔들며 입을 열었다.

"고통받는 사람들 말이에요. 트라우마를 겪는 사람들. 외상후스트레스장애 때문에 불면증과 각종 우울증에 시달리거나 알코올중독이나 마약중독에 빠진 사람들이요. 그런 사람들을 도울 수 있다는 거예요."

그녀 역시 기억을 없애고 싶은 사람이 존재한다는 사실을 모르지 않았다. 왜 아니겠는가. 모를 수가 없었다. 그녀 역시 가끔씩 어떤 기억은 자신의 머릿속에서 완전히 사라졌으면 하고 바랄 때가 있었으니까. 하지만 그녀는 임이 고통받는 사람들을 위해 연구를 한다고는 생각할 수 없었다. 인간의 기억을 조절할 수 있다는 걸 온 세상에 증명하고 싶은 마음이라면 모를까. 그럴 만한 근거는 없었지만 그녀는 확신했다. 그녀의 생각을 읽기라도 한 듯 임이 그녀를 바라보았다.

"음…… 좋아요. 아주 단순하게 설명을 해보죠. 쥐를 특정 공간, 이를테면 새장이라고 합시다. 쥐를 새장에 집어넣을 때마다 전기 충격을 주는 겁니다. 그러고 나면 쥐는 더이상 전기 충격을 주지 않는다 해도 새장에 들어갈 때마다 공포를 느끼게 됩니다. 그 공간이 고통의 기억을 유발하는 거죠. 하지만, 아주 간단하게 말해서, 쥐의 신경세포를 조절해주는 일련의 과정을 거치고 나면 말입니다. 그 쥐는 동일한 새장에 들어가도 더이상 두려움을 느끼지 않아요. 그 새장 속에서 고통받은 적이 있다는 사실을 까맣게 잊어버리는 겁니다. 그런 식으로 특정한 기억을 없애고, 그 기억에 따른 감정을 없애버리는 게 가능하다는 말입니다. 사실 쥐, 돼지, 그리고 침팬지까지 성공한 실험입니다. 이제 인간만 남았죠."

"놀랍네."

그녀의 남편은 고개를 절레절레 흔들었다. 그러고는 덧붙였다.

"그렇지만, 인간에게 그런 실험을 할 수는 없어."

"그거 알아? 도박중독자들 말이야. 사람들은 그들이 돈을 따려고 도박에 중독된다고 생각하지만, 아니야. 그들이 진짜 중독된 건 돈이 아니라, 돈을 거는 행위를 할 때마다 뇌에서 뿜어져 나오는 엄청난 도파민이야. 돈을 따든 잃든 도파민은 공평하게 흘러나오지. 그러니까 도박중독자들이 바라는 건 도파민, 쾌락 그 자체라는 말이야. 그런데 만약, 그들이 느꼈던 쾌락의 기억, 그러니까 도파민의 기억을 지운다면 어떻게 될 것 같아?"

"그런 식으로 도박중독을 치료한다?"

그녀의 남편이 말했다. 그녀는 치료,라는 단어를 마음속으로 반복해보았다. 이번에는 임윤성이 그녀에게 말을 걸었다.

"당신은 경찰이니까 잘 알겠죠. 최근 몇년 동안 도시에서 범죄율이 증가해온 거 말입니다. 절도 사건이나 노상강도 사건 건수가 얼마나 늘어났는지 알아요? 심지어 아까 뉴스에서 본 것처럼 화장실 문을 부순다든가 하는……"

임과 최 부부는 그녀가 휴직계를 냈다는 사실, 그러니까 지금은 일을 하지 않는다는 사실을 몰랐다. 그들 부부에게 그런 이야기는 절대 하지 않을 참이었으므로 그녀는 그냥 고개를 끄덕였다.

"어떤 사람이 똑같은 범죄를 계속해서 저지른다면 말입니다. 감옥에 다녀와서도 똑같은 범죄를 저지른다면 말이에요. 그 어떤 교정도 되지 않는 범죄자들, 그들이 범죄에 중독된 것이라면요? 범죄 그 자체, 범죄를 저지를 때마다 뇌에서 뿜어져 나오는 도파민 같은 신경전달 물질의 노예라면요? 그들이 느낀 그 쾌감을 기억에서 지운다면 어떤 일이 벌어질 것 같습니까? 더이상 범죄를 저지르지 않게 될 수도 있지 않을까요? 그렇다면 교정 시설에 들이는 그 어마어마한 예산도 줄일 수 있게 되겠죠."

그녀는 고개를 흔들며 대답했다.

"그렇게 단순한 문제가 아니에요. 알잖아요?"

"그렇죠. 그렇게 단순하지 않죠."

임이 너무 순순한 태도로 인정해서 그녀는 오히려 당황스러웠다. 그녀의 남편이 말했다.

"설사 그게 가능하다 하더라도, 뭐가 어떻게 되었든, 범죄자든 도박중독자든, 인간을 대상으로 그런 실험을 할 수는 없어. 좋은 의도로 시작한 실험이라고 해도 악용될 여지가 충분히 있잖아."

그녀는 자신의 남편이 그렇게 말하는 남자여서 좋았다.

"그런 위험을 무릅쓰지 않으면 인간은 앞으로 나아갈

수가 없죠."

최진유가 말했다. 임윤성이 그들 모두를 차례로 바라보다가 물었다.

"왜지?"

"뭐가?"

"왜 인간 실험은 하면 안 되지?"

임윤성의 말에 그녀의 남편이 어이가 없다는 듯 웃고는 입을 열었다.

"너무 위험하잖아. 그러다가 그 사람의 뇌 기능 전체에 문제가 생긴다면 어떻게 해? 그 대상이 누구라도, 그게 심지어 악질 범죄자라도 다른 누군가를 위험에 빠뜨릴 권리는 누구에게도 없어. 게다가 인간의 기억을 그런 식으로 조작한다는 게 말이 돼? 윤리적인 문제들이 발생할 거라고. 기억이라는 건 그 사람 자체야. 그게 어떤 기억이든 그 사람 자체라고."

임윤성이 흥미롭다는 듯한 표정으로 그녀와 그녀의 남편을 번갈아 보았다.

"기억이 그 사람 자체라고? 어떤 기억 때문에 고통을

겪는 사람들에게도 그 기억이 당신 자체라고, 그러니까 그냥 견디라고 말할 수 있어?"

그녀의 남편이 주춤거리자 그녀가 대신 대답했다.

"그건 달라요."

"그건 다르다고요? 왜 다르죠? 우리가 어떤 일을 기억하는 방식이, 십년 전과 현재가 똑같다고 말할 수 있어요? 일년 전 기억했던 것들과 현재 기억하는 것이 같다고 말할 수 있냐고요. 인간의 기억은 변합니다. 한때는 아주 중요했던 사실, 절대 잊어버리지 않겠다고 다짐한 기억을 잊은 줄도 모른 채 잊어버리죠. 인간은 고유하지 않아요. 한 인간이 고유하다는 건 환상일 뿐이죠."

임은 그녀에게 대답할 시간을 주지 않고 말을 이었다.

"난 이런 논쟁을 수도 없이 해왔어요. 내가 인간의 기억을 건드릴 수 있다,는 말만 해도 경기를 일으키는 사람들도 있어. 인간의 존엄성을 해친다고."

"그건 사실이에요. 인간의 존엄성을 해친다고요."

다소 격양된 그녀의 말투에 임이 조금 웃었다.

"그럼 범죄자는요?"

그녀는 임의 눈길을 살짝 피하며 대답했다. 임이 자신의 머뭇거림을 눈치채지 못하기를 바라면서.

"당연히 범죄자에게도 존엄성이 있죠."

"아이들을 상대로 연쇄살인을 저지른 살인마도요?"

결국 그녀가 아무런 대답도 하지 못하자 임윤성이 말을 이었다.

"범죄자의 기억을 조절하는 것에 반대하는 사람들도 있어요. 그런데 웃기는 게 뭔지 압니까? 어떤 이들은 방금 말한 대로 비윤리적이기 때문에 반대합니다. 범죄자에게도 인권이 있다고. 그렇지만 다른 한쪽에서는 기억을 없애버리는 게 범죄자에게 너무 가벼운 형벌이어서 반대하기도 하는 겁니다. 생각해보세요. 악랄한 범죄를 반복해서 저지른 자에게 그렇게 간단한 방법으로 마음의 평화를 줘서는 안 된다는 거죠."

그녀가 입을 열려고 하자 최진유가 그녀의 말을 막듯이 손가락을 들어 보였다.

"사이코패스 연쇄살인마들. 그들은 애초에 죄책감을 느끼지 않으니까 실험 대상으로 적합할 수 있죠. 게다가 누가 사이코패스 연쇄살인마의 인권을 주장하겠어요?"

또다시 그녀가 끼어들려고 하자 이번에는 임윤성이 말할 기회를 가로챘다.

"알아요. 무슨 말을 하고 싶은 건지 알아요. 범죄자의 기억을 없애다 한들 다시 범죄를 저지를 수도 있죠. 알아요, 나도 다른 모든 경우의 수를 알아요. 하지만 분명한 건, 우리가 시도를 해봐야 한다는 겁니다."

이번에야말로 그녀에게 차례가 돌아왔다.

"불가능해요. 그런 일은 불가능하다고요."

임윤성과 최진유는 뒤이어 할 말을 잠자코 기다리겠다는 듯, 입을 다물고 그녀를 바라보고 있었다. 하지만 그녀에게는 더이상 할 말이 떠오르지 않았다. 충분히 기다렸다고 생각했는지 임윤성이 두 손을 들어 보이며 말했다.

"이제 이 주제는 그만 말합시다. 내가 좋아하는 사람들과 있는 자리에서까지 이런 논쟁을 하고 싶지 않아요."

그녀의 남편이 별수 없다는 듯이 웃었고 최진유도 따라 웃으며 임윤성의 어깨를 문질렀다. 그리고 그들은 디저트를 먹으며 다시 시시콜콜한 이야기로 넘어갔다.

그날 저녁 식사가 끝나고 돌아가기 전에, 임윤성은 언제나 그랬던 것처럼 주머니에서 넥타이를 꺼내 천천히 착용한 다음 재킷을 걸쳤다. 그리고 현관에서 신발을 신다가 갑자기 생각이 났다는 듯 몸을 돌리며 그들에게 이렇게 물었던 것이다.

"그런데 만약에 사람의 기억을 없애는 기술이 상용화된다면 말이야. 넌 어떤 기억을 없애고 싶어?" 그러고는 그녀 쪽을 바라보며 물었다.

"지우고 싶은 기억이 있어요?"

2
부

4

    사람들은 그녀가 태어날 때부터 경찰이 되기로 작정한 것 같다고 말했다. 경찰이 아닌 모습을 상상도 할 수 없다고. 그녀 자신도 그렇게 생각했다. 그녀의 부모님은 그토록 애지중지 키운 작고 소중한 딸이 경찰대에 가고 싶다고 했을 때 반대했다. 시간이 좀더 흘러 수사과에 지원했다는 이야기를 들었을 때에는 아무 말 없이 고개를 내저었다. 그들은 딸이 (남을 안전하게 보호하는 게 아니라) 안전하게 보호받으며 살기를 바랐다.

범죄자의 손에 수갑을 채우는 건 어릴 적부터 그녀가 가지고 있던 거의 (아무에게도 말하지 않았던) 유일한 소망이었다. 상관, 동료, 후배들은 그녀의 집요함과 명석함에 혀를 내둘렀다. 그녀의 관찰력은 타의 추종을 불허했고, 현장에서는 남들이 발견하지 못하는 것을 쉽게 찾아냈다. 사소한 증거를 끝도 없이 파고들었다. 범인의 술수와 속임수들을 대부분 알아차릴 수 있었다. 후배들에게 그녀는 이렇게 말하곤 했다. "호수의 파문을 생각해봐. 우리가 찾아야 하는 건 호수에 던져진 돌이 아니야. 우리가 찾아야 하는 건, 지금 이 순간 일렁거리는 물결의 패턴이야. 그건 언제나 우리 눈앞에 있어." 동시에 그녀는 언제나 신중했다. 성급하게 패를 내보이는 일은 절대 없었다. 그녀는 정확한 순간에 확실한 증거를 들이밀어서 범인을 꼼짝 못하게 만들었다. 잘 짜인 각본 같다고 말하는 동료도 있었다. 약간은 비아냥대는 투를 담아서. "이게 무슨 연극 무대냐고. 대체 뭘 하려는 건지 알 수가 있어야지." 연극 무대. 그녀의 무대는 언제나 사건 현장이었다. 그녀는 한번도 언론 앞에 나서거나 한 적이 없었다. 그녀는 '얼굴

마담'이 되고 싶지 않았다. 그녀를 존경하고 좋아하는 동료나 후배들도 있었지만, 밉살스럽다고 생각하는 이들도 있었다.

육년 전, 결혼한 지 얼마 되지 않았을 때 그녀의 남편이 고백하듯 말한 적이 있었다. 아무리 노력해도 그녀가 누군가를 심문하고 팔을 잡아끌고 언성을 높이는 모습을 상상할 수가 없다고. 수년간 운동으로 다져진 그녀의 몸은 단단했다. 그녀는 남편보다 훨씬 더 빨리 달릴 수 있었고 남편보다 훨씬 더 오래 봉에 매달릴 수 있었고 팔굽혀펴기도 훨씬 더 많이 할 수 있었지만, 남편은 그렇게 말했다. 그는 '평소의' 그녀가 더 좋다고 했다. 그녀는 그의 볼을 살짝 잡았다 놓으며 속삭였다. "이 사랑스러운 멍청이 같으니라고!" 그가 과학자라는 이야기를 들었을 때, 그녀는 그가 실험복 차림으로 현미경을 들여다보는 모습을 아주 자연스럽게 그릴 수 있었다. 하지만 그가 하는 일은 그런 게 아니었다. 엄밀하게 말하면 그는 과학자도 아니었다. 엔지니어였다. 비유적으로 말하자면, 그는 현미경을 만드는 데는 관여했겠지만 그 현미경을 들여다보는 일은 거의 없는 셈이었다. 실험복을 입을 일도 없었다.

"내가 없으면 과학자도 없는 거야." 그녀는 그가 그렇게 말하는 남자여서 좋았다.

휴직계를 내기 한달 전, 그녀는 유산을 했다. 그 일이 그녀에게 상처가 되거나 타격을 준 건 아니었다. 그저 당황했을 뿐이었다. 정말 그랬다. 그녀와 남편은 절대로 아이를 가지지 않기로 합의했고 평소에 피임을 열심히 해왔기 때문에 임신을 했다는 사실조차 몰랐으므로. 계류유산. 의사는 그런 단어를 사용했다. 나중에 알고 보니 정반대의 의미였지만, 그녀는 그 단어를 듣자마자 자신의 자궁 안에 있던 생명체가 죽어서(물론 의사는 '죽었다'라는 표현을 사용하지는 않았다), 피에 섞인 채로 몸 밖으로 흘러나가는 이미지를 떠올렸다. 졸졸졸 어디론가 흘러가는 시냇물처럼, 변기를 따라 하수구로 흘러들어가서, 종래에는 폐수 처리장에 도달하게 되는 걸까?

유산 사실을 알고 있는 건 그녀 자신과 남편, 그리고 의사뿐이었다. 병원에 다녀온 저녁, 남편은 누워 있는 그녀의 손을 잡고 가볍게 흔들면서 말했다.

"그걸 아기라고 생각하지 마. 당신 손톱보다도 작았어."

"나도 알아."

달라진 건 없었다. 딱 이틀을 쉬고 그녀는 바로 업무에 복귀했다. 그녀의 임신과 유산을 아는 사람은 아무도 없었다. 그 당시 그녀의 팀은 여아 납치 살인 사건을 조사하고 있었다. 죽은 아이가 국민적인 인기를 끌던 아역 배우였기 때문에 사람들은 큰 충격을 받았고 언론과 여론 모두 그 사건을 주시하고 있었다. 그러므로 그녀는 쉴 수가 없었다. 쉬어서는 안 된다고 생각했다. 그리고 실수. 하지만 단 한번의 실수였다. 그녀가 엉뚱한 용의자를 끈질기게 추궁하고 (거짓) 자백을 받는 동안, 진범은 자신의 아내와 아이를 죽이고 자살했다. 자살한 남자는 최초에 용의 선상에 있었지만, 그녀의 팀은 그를 일찌감치 배제했다. 그때는 그게 합리적인 결정인 것처럼 보였고 그 누구도 이의를 제기하지 않았다. 자살한 남자가 진짜 범인이라는 사실을 알게 된 건 사망 현장에서 발견된 유서 덕분이었다. 이 사실만으로도 여론은 나빠질 대로 나빠졌는데, 설상가상으로 용의자로 지목되어 자백을 했던 남자가 강압 수사를 받았다고 주장하고 나섰다.

그녀를 호출한 수사반장은 그녀를 향해 두꺼운 종이 뭉치를 집어던졌다. 그녀의 얼굴에 부딪힌 종이들이 바닥으로 떨어졌다. 오로지 자신에게 던지고 싶어서 수고로움을 마다하지 않았으리라고 생각하며, 그녀는 허리를 굽힌 채 이리저리 다니며 종이를 줍기 시작했다. 그건 관련 기사들과 댓글을 출력한 것이었다. 댓글난에는 그녀가 근무하는 경찰서에 대한 비난 여론이 들끓었다. 죽은 아역 배우의 웃고 있는 사진이 눈에 들어와 그녀는 눈을 질끈 감았다가 떴다. 수사반장은 그녀가 종이를 다 주울 때까지 자리에 앉아서 잠자코 기다렸다. 그녀가 종이뭉치를 다 모으고 허리를 폈을 때, 수사반장은 말했다.

"내 입장이 얼마나 난처해졌는 줄 알아? 어떻게 일을 이렇게 망칠 수가 있어?"

수사반장이 승진을 위해 실적에 얼마나 신경을 쓰고 있는지, 얼마나 몸을 사리는지 그녀는 알고 있었다. 그리고 자신을 얼마나 탐탁지 않게 생각하는지도. 웃기는군. 그녀는 생각했다. 사건이 잘 풀릴 때에는 내 덕분이라고는 절대로 말 안 하더니, 일이 잘못되니까 모든 걸 내 탓이라고 하잖아. 하지만 그녀는 고개를 흔들었다. 이런 생각은 너무 치졸했다. 어쨌거나 잘못된 판단으로 죽지 않아도 되는 사람들이 죽었다. 아이가 죽었다. 둘이나 죽었다.

"모르겠다는 말이야?"

이번에도 그녀는 고개를 저었다. 반장은 이런 상황이 피곤하다는 듯 마른세수를 하며 한숨을 쉬었다.

"내가 다시 부를 때까지 출근하지 마. 지금은 그게 최선이야."

순간 그녀는 온몸의 근육이 수축되는 것 같은 기분을 느꼈다. 이번 기회에 자신을 어떻게든지 떨어뜨려놓으려는 수작이 분명하다는 생각이 들었다.

"딱 한번이었어요. 이런 실수를 저지른 건 이번이 처음이라고요. 저한테 이러시면 안 되죠!"

실수, 그녀는 자신이 선택한 단어 때문에 괴로움을 느꼈지만 어쩔 수 없었다. 다른 단어는 떠오르지도 않았다.

"목소리 낮춰."

그녀는 반장의 책상에 두 손을 짚고 반장 쪽으로 상체

를 기울이며 경고하듯 말했다.

"이제껏 내가 해왔던 수사는요? 내가 잡은 범인들은요? 반장님이 내 덕분에 이룬 성과는요?"

"목소리 낮추라고."

"이런 식으로 나를 내치는 게 가능할 거라고 생각해요?"

반장은 그녀의 말에 어이가 없다는 듯 웃었다. 그러고는 자리에서 벌떡 일어났다.

"그러면 뭐 나를 때리기라도 할 건가?"

그녀의 눈동자가 흔들렸다.

"때렸어?"

"뭐라고요?"

반장은 고개를 저었다.

"아무런 대답도 하지 마. 절대 아무런 대답도 하지 마. 난 알고 싶지도 않으니까."

반장은 그녀 쪽으로 몸을 숙이고 조그만 목소리로 천천히 말했다.

"언론에 자네 이름이 거론되지 않게 온갖 곳에 전화하고 청장한테 깨지고, 자네가 헛다리 짚은 용의자랑 독대

하고 그를 구슬린 건 나야. 그 모든 일을 한 건 자네가 아니고 나라고, 나!"

반장은 손가락으로 그녀의 어깨를 밀었다.

"그나마 이 정도로 끝나가는 걸 다행이라고 생각해. 더이상 내 신경 거슬리게 하지 마. 난 지금 정말로 있는 힘을 다해 참고 있는 중이니까. 이 일이 완전히 잊힐 때까지 떠나 있으란 말이야, 여기에 있다가 기자들한테 꼬리 잡힐 일 하지 말고. 꺼지기 시작한 불에 불씨 보태지 말란 말이야. 똑똑한 척은 혼자 다 하더니 이렇게 말귀를 못 알아들어서 되겠어?"

자리에 털썩 앉은 반장은 더이상 그녀에게 용무가 없다는 표정을 지었다. 어서 자신의 눈앞에서 사라지지 않고 뭐 하냐는 듯이. 그녀는 반장의 말에 조목조목 반박할 수 있었다. 하지만…… 반장 덕분에 자신이 곤란한 상황과 마주하지 않을 수 있었던 건 사실이었다. 반장이 그렇게 애를 쓴 게 그녀 때문이 아니라는 것 역시 잘 알고 있었다. 반장은 이 일이 언론에 계속해서 언급되는 상황 자체를 불편해했다. 어떻게 해서든지 빨리 묻히기를 바랄 뿐이었으리라. 이 일이 반장의 커리어에 복구할 수 없는 피해를 입힐까봐 두려웠으리라. 그녀는 생각했다. 필요해지면 이 일을 이용해서 나를 내칠 것이다.

남편은 그녀에게 어떻게 된 일이냐고 묻지 않았다. 차라리 잘된 일이라고 말했을 뿐이었다.

"이참에 쉬는 것도 나쁘지 않아. 그동안 당신, 위험한 일을 너무 오래했어."

그의 커다란 몸에 안긴 채로 그녀는 그가 아무것도 모른다고, 하지만 그런 식으로 말해주는 남자여서 좋다고 생각했다.

휴직계를 내고 며칠이 지난 어느 날 밤에 그녀는 이상한 느낌 때문에 잠에서 깼다. 자신의 신체 속 장기들 —— 폐와 심장, 대장과 소장, 췌장과 신장, 간과 콩팥 등등 알고 있는 장기의 이름을 다 떠올렸다 —— 의 움직임이 또렷이 피부의 점막으로 전달되는 것 같았다. 신체를 계속 유지하려는, 그 미세하고 끊임없는 움직임. 그런 일이 가능할까? 그런 걸 느낀다는 게 가능할까? 아니다. 그녀는 그게 거짓된 느낌이라는 걸 알았다. 누구도 반박할 수 없는 사실 — 진실일 터였다. 하지만 언제나 그렇듯이 진실을 알고 있다는 사실 자체가 도움이 되는 건 아니었다. 한번 그런 느낌에 사로잡히자 그녀는 꼼짝없이 그 덫에 갇혀버린 것 같았다.

그게 시작이었다.

그후로 그런 느낌은 불시에 찾아왔고(해가 떠 있는 동안은 아니었다. 밤에만 그랬다), 가만히 있을 수가 없어진 그녀는 침대에서 조용히 빠져나와 어두운 거실을 걸어다니곤 했다. 걷고 있으면 약간이나마 그런 느낌이 잦아드는 것 같았다. 하지만 완전히 사라지지는 않았다.

"뭐 해?"

웬만해서는 잠에서 깨는 일이 없는 남편의 갑작스러운 등장에 깜짝 놀란 건 오히려 그녀였다.

"잠을 잘 수가 없어."

"왜?"

그녀는 걸음을 멈추지도, 그의 말에 대답하지도 않았다.

그날 이후였을 것이다. '불면증'과는 완전히 거리가 멀었던 그녀의 남편 역시 가끔씩 잠을 설치게 된 것이. 그런 밤이면 그는 어둠 속 소파에 느긋하게 앉아서 거실을 걸어다니는 그녀를 바라보고 있었다.

"당신을 너무 사랑해서 그런가, 전염되었나봐."

그는 종종 이런 식으로 말하고 행동했다. 이를테면 그녀가 경찰 일을 하던 시절, 잠복근무를 하거나 밤을 새우고 돌아오면 소파에 그가 잠을 잔 흔적—베개와 정리되지 않은 이불—이 남아 있을 때가 있었다. 왜 여기서 잤냐고 물어보면 그는 이렇게 대답하곤 했다.

"당신 없이 침대에 들어가고 싶지 않아."

그리고 덧붙였다.

"당신을 너무 사랑한다는 증거야."

어느 날 새벽, 잠 못 드는 그녀가 거실을 빙글빙글 돌며 걷고 있을 때 소파에 앉아 있던 그가 그녀의 손을 잡아끌어 자신의 무릎 위에 앉힌 적이 있었다. 그녀를 괴롭히는 이상한 느낌이 강화되는 게 느껴졌다. 그를 밀어내려고 했지만 그는 쉽게 그녀를 놓아주지 않을 참이었다. 그는 그녀의 상의에 손을 집어넣어 맨 등을 어루만졌다. 그녀는 단단하게 얽힌 그의 손을 끌어내리려고 힘을 주면서 몸을 뒤틀었다. 놓치지 않으려는 팔과 빠져나가려는 몸짓. 결국 그녀는 그의 품에서 빠져나왔다. 어두운 거실에는 잠시 동안 그들의 거친 숨소리만 들렸다. 유산한 후로 그들은 관계를 가진 적이 없었다. 그런 내색을 한 적은 없지만 그가 자신의 몸에 손을 대면 그녀는 온몸에 소름이 돋는 것 같았고 허리와 다리가 뻣뻣해졌다.

"미안해."

그가 사과했을 때 그녀는 문득 자신의 몸 안에 한동안 머무른 작은 생명체를 떠올렸다. 왜인지는 몰랐다. 그 순간 그저 그런 생각이 들었다. 존재하는지도 몰랐던 그 생명체가 몸 밖으로 빠져나가면서 자신의 몸속 다른 무언가를 가지고 가버린 게 틀림없다고. 저주의 마음이 피어올랐다. 하지만 무엇을, 왜, 저주해야 하는지, 자신이 빼앗긴 게 무엇인지조차 그녀는 알 수 없었다. 그리고 영원히 알 수 없으리라는 생각이 들었다. 이런 기분을 이 세상 그 누구에게도 이해시킬 수 없으리라는 사실 때문에 그녀는 억울한 마음이 들었다.

5

휴직계를 낸 후 그녀는 그런 식으로 두달 동안 집에만 머물렀다. 부모님이나 친구들, 동료들의 연락도 받지 않았다. 밤에는 잠에서 깨어 거실을 서성이고 낮에는 집에 그저 머물렀다. 할 수 있는 일이라고는 오로지 남편을 기다리는 것뿐이던 시절.

다섯달 전, 기분 전환이 될 거라며 남편이 데려간 임과최의 집 거실에서 레이저쇼를 보고 돌아온 날 밤, 그러니까 휴직계를 낸 후 처음으로 외출을 한 그날 밤에도 그녀는 어둠 속에서 혼자 거실을 걸었다. 그날 밤 남편은 깊이 잠들어 있었다. 어째서였을까? 갑자기 풀어둔 단추 두개를 다시 채우던 임윤성의 손가락이 떠오른 것은. 그리고 곧바로 든 생각. 그 집에서 화려한 레이저쇼를 볼 때 떠올린 구도심의 건물을 당장 찾아가봐야 한다는 그런 생각. 이상했다. 그녀 자신도 이해할 수 없는 열망이 마음속 저밑바닥부터 서서히 차오르기 시작했다. 차가운 물속에 들어갔다가 나온 것처럼 온몸이 얼얼했다. 더이상 참을 수가 없었다. 그녀는 앞뒤 재지 않고 잠옷 위에 두꺼운 카디건만 걸친 채 정신없이 바깥으로 나왔다. 너무 초조해져서 엘리베이터를 기다릴 수가 없었다. 그녀는 자신의 집이 있는 십일층에서 지하 주차장까지 단숨에 걸어 내려갔다.

새벽의 도로는 믿을 수 없을 정도로 고요했다. 꺼져 있던 가로등이 그녀의 차가 지나갈 때마다 하나하나 밝혀졌다가 다시 하나하나 꺼졌다. 마치 그녀의 뒤로 어둠이 쫓아오는 것처럼. 일을 할 때 새벽의 도로를 달린 적이 많았지만 그날 밤만큼 적막했던 적은 결코 없었다고, 그녀는 생각했다. 아주 오랜 시간이 흘러도 오늘 밤을 잊지 않겠다고 다짐했다. 목적지에 당도한 후에는 차를 아무렇게나 세웠다. 겨울 끝자락의 밤공기는 여전히 차가웠다. 그녀는 그제야 자신이 슬리퍼를 신고 있다는 사실을 알아차렸다. 발가락이 금방 차가워졌고 숨을 쉴 때마다 하얀 입김이 뿜어져 나왔다.

조금 걷자 낡은 건물들이 모여 있는 구도심의 모습이 눈에 들어왔다. 구도심의 입구, 건물과 건물 사이에 이런 현수막이 걸려 있었다. "우리는 위험에 처했습니다. 우리를 고쳐주세요." 붉은색으로 쓰인 글자들은 지저분하고 어수선해 보였다. 물론 그게 바로 의도한 바였으리라. 그 현수막이 걸린 두개의 건물 중 하나가 바로 불에 탄, 여전히 그을리고 망가진 채로 남아 있는 그 건물이었다. 거기에는 다른 현수막도 걸려 있었다. 부서진 채 남아 있는 간판 아래로 세로로 펼쳐진 현수막. "여기를 가만히 내버려둬라! 여기에는 여기의 삶이 있다!" 흘림체로 쓰인 붉은 글씨가 바람에 흔들렸다.

상반된 내용의 현수막 모두를 품고 있는 건물은, 그게 뭐든 아무런 상관도 하지 않는 것 같았다.(그녀는 이런 상반된 내용의 현수막이 걸려 있는 구역이 많다는 사실을 나중에 알게 되었다.) 애초부터 그런 모양 — 부서진 간판과 그을리고 파손된 벽 — 으로 만들어진 것이라는 듯이 뻔뻔하게, 한 치의 물러섬도 없이 버티고 있는 건물을 올려다보고 있자니 자신이 더이상 경찰서로 돌아갈 수 없을지도 모른다는 사실, 자신이 저지른 실수들, 품고 있던 그 모든 나쁜 생각들이 별것도 아닌 것처럼 느껴져서 안심이 되었다. 어디서 왔는지 알 수 없는 영문 모를 위로라도 위로는 위로였다. 곧 다시 자책하고 후회하게 될지언정 얄팍한 평안이라도 평안은 평안이었다. 눈에 너무 힘을 준 탓인지, 아니면 차가운 공기 때문인지 눈물이 찔끔 삐져나왔다.

그녀는 고개를 돌려 건물과 건물 사이로 펼쳐진 길을 바라보았다. 침묵과 어둠에 잡아먹힌 듯한 그 길로 천천히 걸어 들어갔다. 단호하게 입을 다문 것 같은 셔터들만 보일 뿐 그 흔한 24시간 카페나 편의점도 없었다. 길 구석에 켜켜이 쌓인 종이 박스, 아무렇게나 얹어놓은 쓰레기봉투들과 봉투를 뒤지는 늙은 고양이. 문득 그녀는 자신을 괴롭혀오던 장기의 움직임이, 피부 점막을 통해 전달되는 것 같던 그 허황된 느낌이 사라졌다는 사실, 그러니까 차에 올라탄 순간부터 그랬다는 사실을 깨달았다. 그녀는 걸음을 멈추고 몸을 돌려 자신이 지나온 길을 바라보았다.

그날 새벽 집으로 돌아온 그녀는 실로 오랜만에 깊은 잠에 빠져들 수 있었다.

다음 날 아침, 그녀는 출근하는 남편을 배웅했다. 휴직계를 낸 이후 아침 일찍 눈이 떠진 건 처음이었다. 그는 그녀에게 기분 좋은 일이 있는 거냐고 물었다.

"코까지 골면서 자던데?"

그는 아이에게 하듯 손가락으로 그녀의 머리카락을 흩뜨려놓았다.

"배가 고파."

"내 말이 맞았지?"

"뭐가?"

"외출을 하면 기분 전환이 될 거라고 했잖아."

그가 출근을 한 뒤 그녀는 간단하게 식사를 하고 집 근처 공원으로 나가서 달렸다. 오랜만의 러닝이어서 금방 지쳤지만 숨이 차오른다는 그 감각 때문에 그녀는 감동스러울 지경이었다.

여전히 잠이 오지 않는 밤이 있긴 했다. 하지만 괜찮았다. 기분 나쁜 느낌 때문에 고통받는 횟수가 줄어들었을 뿐더러 그런 밤에도 그녀에게는 갈 곳이 있었으므로. 그녀는 남편이 깨지 않은 밤에 불탄 건물이 있는 구도심을 몇번이나 더 찾아갔고, 길 구석구석을 탐색하듯 돌아다녔다. 눈을 감고도 그 거리의 면면을 그릴 수 있을 것 같다고 생각했을 때에는 다른 구도심을 '방문'해보기로 했다.(그녀도 '세이프 시티' 앱을 가지고 있었다.) 추위가 물러난 이후부터 그녀는 자동차를 가지고 나가지 않았다. 대신 인적이 드문 길을 선택해 어두운 도시를 걷거나 달렸다. 어떨 땐 삼십분을, 어떨 땐 한시간이 넘도록.

그녀는 자신이 무언가를 잃어버리는 중인 건지, 아니면 그 반대인지 헷갈렸다. 하지만 오래도록 움직이고 있으면 그런 구분이 모호해지는 것 같았다. 가끔(아니다, 가끔이 아니라 자주였다) 새벽의 골목에서 담배를 피우는 아이들을 마주치거나 술에 취한 남자나 여자를 보기도 했다. 언젠가는 탱크톱을 입고 속옷이 다 보이는 채로 쭈그리고 앉아서 웩웩거리며 토하던 여자와 눈이 마주친 적이 있는데 그 여자가 반갑다는 듯이 그녀에게 손을 흔들어서 깜짝 놀란 적도 있었다. 그 여자를 못 본 척하고 지나가버린 자신 때문에 한동안 언짢았지만 같은 상황에 다시 처하더라도 똑같이 행동하리라는 걸 알았다.

그리고 그녀를 따라서 그녀의 남편도 새벽에 깨어나는 일이 잦아지자, 마침내 그녀가 이렇게 말했던 것이다.

"나랑 함께 새벽 산책을 갈래?"

"새벽 산책?"

즉흥적으로 떠올렸지만 그녀는 이 단어의 조합이 마음에 들었다. 새벽 산책 — 이 말이 품고 있는 순진무구함, 견고한 고요함, 조심스러운 활력이 좋았다. 자신의 행위를 온당하게 설명할 수 있는 단 하나의 표현. 그녀는 그의 손을 잡아끌었다.

어느새 겨울은 끝나 있었다. 그들은 함께 새벽의 길을 걷기 시작했다. 봄밤의 대기 속, 속절없는 아득함 속을 걷는 것 같았다. 그는 그녀에게 아무것도 묻지 않았다. 그녀도 그에게 아무런 말도 하지 않았다. 얼마나 시간이 지났을까? 그가 지친 숨을 토했지만 그녀는 모르는 척했다. 그의 손바닥이 축축해졌지만 그녀는 모르는 척했다. 그의 걸음이 점점 느려졌지만 그녀는 모르는 척했다.

이윽고 그들은 그녀가 정한 목적지에 도착했다. 그녀가 처음으로 새벽 산책을 나갔던 곳, 불에 탄 흔적을 간직한 건물이 뻔뻔하게 고개를 쳐들고 서 있는 그곳에.

"어때?"

그는 그녀를 바라보았다. 그는 무엇이 어떠냐는 건지 알 수 없었지만 물어볼 수도 없었다. 그녀의 말투에는 도저히 거역할 수 없는 권위가 서려 있었다.

"좋아."

그는 위태롭게 달린 간판과 너저분해 보이는 건물 외벽 그리고 불에 그슬린 흔적을 바라보았다. 센서가 반응하지도 않는 고장 난 가로등, 그 옆에 합판으로 아무렇게나 임시로 만들어놓은 조립식 건물, 딱 봐도 제 기능을 하지 못할 것 같은 감시 카메라. 내 아내가 밤중에 혼자 여기까지 왔다고? 새벽 산책? 그런 생각에 빠져 있을 때 그의 얼굴로 빗방울이 후둑, 하고 떨어졌다. 그녀는 골목 안쪽으로 그의 손을 잡아끌었다. 건물과 건물의 사이로, 빛 한점이 없는 곳으로 찾아 들어갔다. 양철 차양 위로 단조로운 박자의 빗방울 소리가 들렸다. 어둠 속에서 그녀는 두 손으로 그의 얼굴을 만졌다. 그리고 그의 입술을 찾아들었다. 그녀의 몸에서는 열기가 느껴졌다. 그녀는 그의 숨결에서 젖은 먼지 냄새가 난다고 생각했다. 그가 커다란 손으로 그녀를 꽉 껴안았다. 자신의 몸을 만지는 그의 손길을 느끼며 그녀는 눈을 감았다. 감은 눈앞으로 정체를 알 수 없는 거대한 건물이 떠올랐다. 작은 창문들이 다닥다닥 나 있는, 거대한 정육면체의 회색 콘크리트 건물. 너무 단단해서, 무슨 일이 있어도 절대로 무너지지 않을 것 같아 보이는 그런 건물. 마치 난파된 배 같네, 거인이 두 손으로 들어올려 지상에 올려둔 것 같아. 그녀는 감고 있던 눈을 떴다. 아니야, 그녀는 생각했다. 이건 지나치게 감상적인 태도야. 그녀는 그의 목을 깨물었다. 그녀를 안은 그의 팔에 더 힘이 들어갔다.

남편 역시 잠 못 드는 밤이 찾아오면 가끔 그런 식으로 함께 새벽 산책을 나갔다.

구도심에서 여자 화장실 훼손 사건이 일어난 건 그녀가 혼자서 새벽 산책을 시작한 지 대략 석달 후부터였다. 그러나 그 범행이 그녀 혼자 혹은 남편과 함께하는 새벽 산책에 특별히 영향을 준 건 아니었다. 도시에는 범행 장소가 될 만한 건물이 너무 많았다. 그들 부부의 동선과 겹칠 가능성이 별로 없을 거라고, 날짜가 겹칠 가능성까지 고려하면 더더군다나 그럴 거라고 그녀는 판단했다. 그냥 그런 식으로 생각이 흘러갔다. 하지만 가끔은 믿을 수 없이 화가 났다. 그토록 체계적이고 꼼꼼하게 계획을 세운 범죄가 사람들에게 악질적인 농담 정도로 받아들여진다는 사실 때문에 화가 났다. 범죄자가 아무런 의심도 받지 않은 채 뻔뻔한 표정으로 구도심의 건물과 사람들 사이를 돌아다닐 거라는, 불편함을 겪는 여성들을 보며 웃음 지으리라는 생각을 하면 화가 치밀어올랐다. 누군가 오로지 여자 화장실 문을 부수고 싶어서 시간과 노력을 들이고 있다는 사실이 그녀를 분노하게 했다.

3
부

6

임과 최 부부를 집으로 초대한 날 이후로 그녀는 가끔 그 질문을 떠올렸다. 집으로 돌아가려던 임윤성이 현관에서 몸을 돌려 그녀와 그녀의 남편을 차례로 바라보며 던졌던 그 질문.

어떤 기억을 없애고 싶어? 지우고 싶은 기억이 있어요?

며칠 후 새벽, 소파에 앉은 채로 그 질문을 곱씹던 그녀는 잠 못 드는 날이면 으레 그랬던 것처럼 세이프 시티 앱을 켜서 집에서 가까운 구도심의 지도를 살펴보기 시작했다. 그러고는 남편을 깨웠다. 잠에서 깬 남편이 영문을 모르겠다는 듯이 그녀의 얼굴을 바라보았다. 그녀가 남편의 머리를 쓰다듬으며 속삭이듯이 말했다.

"새벽 산책을 나가자."

"뭐라고?"

잠든 남편을 억지로 깨워서 새벽 산책을 나가자고 한 건 처음이었다. 그는 그녀의 요청을 거부할 수가 없었다. 열대야. 공기가 그 어느 날보다 더 탁하고 뜨거운 것 같았다. 마냥 걸을 수가 없을 것 같아서 그날은 차를 가지고 나갔다. 그래도 명색이 산책이니까 근처에 차를 세우고 조금은 걷기로 했다. 차에서 내리는 그녀의 걸음걸이가 전에 없이 성급하고 위태로웠다. 아스팔트 도로는 낮 동안 품은 뜨거운 열을 마구 내뿜었다. 그는 그녀가 넘어질까 봐 손을 꽉 잡았다. 그녀의 손이 몹시 뜨거웠다. 겨우 십여 분을 걸었을 뿐인데도 금방 그들의 이마와 등에 땀이 차올랐다. 숨이 가빠왔다.

목적지에 도착한 후 그는 손등으로 땀을 닦으며 거리를 둘러보았다. 이제껏 가봤던 구도심과는 무언가 다른 분위기가 있었다. 세월을 따라 자연히 정체되고 낡아버린 게 아니라 한때는 번성했지만 이제는 볼품없이 쇠락해버린, 그 영락이 고스란히 서린 상업지구의 불가피한 회한 같은 것이 느껴졌다. 이차선 도로를 사이에 두고 양쪽 길가로 늘어선 건물에 입점한 상점들은 대부분 철수한 상태였고, 어떤 건물의 전면창에는 '임대 문의'라는 글자와 전화번호가 적힌 하얀 종이가 덩그러니 붙어 있었다. 도로를 잇는 지하도의 계단은 지저분하고 군데군데 낡아서 파손된 채로 남아 있었다.

"여기가 어디야?"

"나도 몰라. 처음 와보는 곳이야."

그녀의 대답에 그는 순진한 소년 같은 미소를 지었다. 골목 안쪽으로 간판들이 무질서하게 붙은 낮은 건물들이 죽 늘어서 있었다. 길은 아주 멀리 이어졌고 그는 그 끝에서 흐릿하게 흔들리는 불빛을 본 것 같다고 생각했다. 그들은 감시 카메라의 시선이 닿지 않을, 건물 사이의 좁은 틈을 찾기 시작했다. 적합한 장소를 찾아 들어가자마자 그가 성급하게 그녀의 입술에 자신의 입술을 맞췄고 그녀는 두 손으로 그의 목덜미, 땀에 젖어 미끄러운 목덜미를 꽉 끌어안았다. 이번에도 그는 성급한 손짓으로 그녀의 원피스를 끌어올렸다. 그녀는 그의 그런 성급함이 좋았다. 숨결과 그들의 몸에서 뿜어내는 열기가 뜨거웠다. 불에 덴 것 같아, 그녀는 생각했다. 그녀는 그의 박자에 맞추어 자신의 마음속을 어지럽히는 정체 모를 열망 속으로 있는 힘껏, 몸을 내던지고 싶었다. 다른 한편으로는 신체의 모든 땀구멍을 열어서 그 순간에도 한시도 쉬지 않고 혈관을 돌고 있는, 자신을 추동하는 그 모든 결정체들을 몸 밖으로 모조리 다 끄집어내고 싶었다. 그러므로 그녀는 그가 멈추지 않기를 바랐다. 그가 영원히 자신의 박자를 유지하기를 바랐다. 그가 그녀의 귀에 대고 무슨 소리가 들리지 않느냐고 속삭이듯이 물었을 때도 마찬가지였다. 그녀는 그의 목덜미를 끌어안은 두 손에 힘을 주며 금방이라도 무너질 것 같은 목소리로 말했다.

"오, 여보, 신경 쓰지 마. 제발, 신경 쓰지 마. 아무것도 신경 쓰지 마."

그도 그렇게 하고 싶었다. 아무것도 신경 쓰고 싶지 않았다. 공기를 타고 물결이 일듯 그에게로 전달되는 그 흐릿하고 불분명한 소리의 종적들. 처음에 그는 그게 흔해빠진 도시의 소음일 거라고 여겼다. 하지만 시간이 지날수록 모호할지언정 그 소리들에 분명히 일관된 특성이 담겨 있다는 걸 알 수 있었다. 그저 지나가거나 흩어져버리는 진동의 뭉텅이가 아니었다. 드디어, 여전히 아득하지만, 완전한 형태를 가진 소리가 저 멀리서 그들에게 도달했다. 무슨 소리지? 그는 더이상 그녀에게 집중할 수가 없었다. 그럼에도 그녀는 여전히 그에게 몸을 완전히 밀착시킨 채 떨어지지 않으려고 애를 쓰고 있었다.

잠시 후, 여전히 그의 목덜미를 꽉 잡은 그녀가 숨을 몰아쉬며 속삭이듯이 말했다.

"사람 소리 같았어."

땀에 젖은 머리카락이 그녀의 이마에 찰싹 달라붙어 있었고 원피스에는 땀이 만든 흔적이 남았다. 그 자신의 몸에서 여전히 사라지지 않는 열기도 분명히 느낄 수 있었다. 그는 그녀의 머리카락을 넘겨주며 고개를 끄덕였다. 내색하지 않았지만 사실 그는 불안했다. 근처에는 아무도 없는 게 분명했지만 어디선가로부터 인기척을 느꼈다는 사실만으로도 덜컥 겁이 났다. 누군가 우리를 목격한다면 뭐라고 생각할까? 우리를 어떤 사람이라고 판단할까? 그는 당장 집으로 돌아가고 싶었다. 지나치게 더운 밤이었다. 차가운 물로 몸을 씻은 후 폭신한 침대 위에 눕고 싶었다. 안전한 나의 집. 하지만 골목을 빠져나간 그녀는 아무런 말도 없이 그들이 걸어 들어온 길의 정반대로, 희미하게 들리는 소리의 꼬리를 따라 걷기 시작했다.

그들이 소리의 진원지인 오층짜리 건물 앞에 도착했을 때는 아무런 소리도 들리지 않았다. 그녀는 이마를 타고 흐르는 땀을 손등으로 닦으며 건물을 바라보았다. 일층에는 영업시간이 끝난 편의점과 식당, 그리고 텅 빈 점포들이 있었다. 페인트가 말라비틀어져서 떨어져버린 벽에 붙은 전당포와 인력소개소의 간판들. 조그마한 창문들. 삼층 왼쪽 끝 창문에서 희미하게 흘러나오는 불빛을 제외하고 불이 켜진 곳은 없었다. 그 순간 엉킨 실타래처럼 구분이 불가능한 여러 사람들의 목소리가 다시 들려왔다. 일층 출입구 유리문에 붙은 'CCTV 감시 중'이라는 글자가 무색하게 감시 카메라는 그 어디에도 보이지 않았다. 출입문은 위쪽 열쇠 구멍을 통해 열고 잠그는 방식이었지만 그녀가 시험 삼아 가볍게 밀어보니 그대로 열렸다. 건물 안에 들어서자 소리가 좀더 또렷해졌다.

여자들의 목소리.

약간의 두려움이 실렸지만 급박한 위험을 앞둔 기색보다는 분노나 항의의 기운이 더 많이 느껴졌고 다소 억눌려 있다는 느낌도 있었다. 그러다 갑자기 쾅, 하고 무언가를 부수는 소리가 들렸다. "다들 물러서! 뒤지고 싶지 않으면 물러서!" 남자의 목소리였다. 이십대 중반? 아니면 후반? 뒤이어 여자들의 어수선한 고함 소리가 들려왔다. 그녀가 계단을 올라가려고 하자 그가 팔을 잡았다.

"너무 위험해. 경찰에 신고만 하고 우리는 돌아가자."

그녀는 기가 차다는 듯이 대답했다.

"여보, 내가 경찰이야."

"아니야, 당신은, 적어도 지금은 경찰이 아니야. 잊어버렸어?"

잊지 않았다. 그녀는 한번도 잊은 적이 없었다. 그때 둔

탁한 물체 —— 망치였다 —— 로 무언가를 내리치는 소리가 났고 욕설을 내뱉는 여자들과 남자의 목소리가 뒤엉켜서 들려왔다. 아까보다 한층 격양된 것 같았다.

"신고해."

그렇게 말한 그녀는 그의 손을 뿌리치고 건물 중앙의 계단을 뛰어올랐다.

불이 켜진 삼층 복도 끝, 여자 화장실 앞에 사람들이 모여 있는 게 보였다. 화장실 문을 등진 채 선 남자는 한 손에 전기 해머드릴을 들고 엉거주춤 서 있었다. 이렇게 더운 날인데도 긴소매 점퍼를 입고 검정색 모자와 마스크를 쓴 채였다. 그녀는 그의 옆에 놓인 커다란 더플백을 보았다. 그 안에 들어 있는 각종 공구들과 작업용 안경 같은 것들도. 그제야 망가진 문손잡이와 움푹 파이고 찌그러진 화장실 문이 그녀의 눈에 들어왔다. 세상에, 바로 저 남자구나. 막연하게 상상해오던 것보다 남자가 지나치게 왜소해서 그녀는 깜짝 놀랐다. 남자의 맞은편으로 얼마간의 거리를 두고 일곱명 정도 되는 여자들이 대치 중이었다. 앞쪽 여자들 몇명은 맥가이버 칼을, 뒤쪽의 여자들은 랜턴을 들고 있었다. 그녀는 맥가이버 칼을 든 여자 중 한명의 얼굴을 바라보았다. 그녀의 한쪽 볼, 넓게 펼쳐진 푸른색 반점을.

여자들은 주눅이 들거나 겁이 난 것처럼 보이지는 않았다. 당황하고 분노한 것처럼 보였다.

"그만둬, 이 멍청한 새끼야!"

"우리가 사용하는 화장실이란 말이야!"

"우리에겐 당장 물이 필요하다고!"

여자들은 남자에게 그렇게 소리쳤고, 남자는 여자들에게 경고의 표시로 해머드릴을 흔들어대며 욕설을 내뱉었다.

"씨발, 다가오기만 해봐! 다 죽여버릴 거야!"

그녀를 먼저 발견한 건 여자들 중 한명이었다. 뒤쪽에 서 있던 여자 중 한명이 그녀 쪽으로 랜턴을 비추며 우려하던 일이 벌어졌다는 듯이 말했다.

"저것 봐, 누가 왔어."

그 말에 나머지 여자들과 해머드릴을 든 남자가 일제히 그녀 쪽으로 고개를 돌렸다. 그녀는 불빛 때문에 눈을 찌푸리며 말했다.

"모두들 진정해요."

"가까이 오지 마!"

남자가 소리쳤고 여자들도 주춤거렸다. 그녀는 그들의 눈에 비칠 자신의 모습을 떠올려보았다. 여름용 날염 원피스와 플리플롭을 신은, 땀에 푹 젖은 여자.

"저는 경찰이에요."

"경찰이라고?"

경찰,이라는 단어가 남자뿐만 아니라 여자들도 동요하게 만든 것 같았다. 그들과 조금 더 가까워졌을 때 그녀는 깨달았다. 미묘하게 계절감이 맞지 않은 옷차림, 거친 피붓결, 비듬과 기름이 낀 머리카락, 그리고 냄새. 여자들은 노숙자였다. 그제야 상황이 어떻게 돌아가는 건지 대충 감이 잡혔다. 재신임 선거를 앞둔 시장은 일년 전에 '다시 태어나는 도시' 프로젝트의 일환으로 '다시 태어나는 노숙자'를 제시했다. 노숙자들에게 숙식은 물론 직업 교육과 전문적인 상담을 제공함으로써 '사회부적응자'를 가족과 사회의 품으로 돌아가게 한다는 계획이었다. 시장은 이런 과정을 통해 부수적인 효과를 기대할 수 있다고, 노숙자들이 거주하는 중앙역 주변이나 도심의 뒷골목을 훨씬 더 쾌적하게 만들 수 있으리라고 말했다. 명백하게도 이 계획은 실패했다. 그게 어디든 돌아가는 것을 원하지 않는 노숙자들은 어디론가 — 특히 엑스 구역 — 로 숨어 들어갔고 '다시 태어나는 노숙자'는 허울만 남게 되었다.

그녀는 자신의 눈앞에 서 있는 이들도 그런 부류일 거라고 생각했다. 돌아가고 싶지 않은 사람들. 저 여자들은 이 근처 어딘가에서 숨어 지내는 게 분명했다. 그리고 새벽이 되면 이 건물을 들락날락하며 화장실을 사용했을 테지. 용변을 해결할 장소보다는 (아까 여자들이 말한 대로) 물이 필요했을 거라고, 그녀는 생각했다. 타들어가는 여름밤을 조금이나마 견딜 수 있게 해줄 만한 차가운 물이. 오늘 밤, 먼저 건물에 들어온 사람은 남자였을 것이었다. 그리고 공교롭게도, 본격적인 작업을 시작하기도 전에 여자들이 이 건물로 들어왔다. 며칠 밤낮에 걸쳐서 이 건물의 화장실을 부술 계획을 철저하게 세웠지만 여자들의 등장은 그의 계산 밖이었던 것이다. 여자들은 험악하고 위험해 보이는 도구들을 보고도 그냥 돌아갈 수 없었다. 그냥 돌아가기엔 더위 때문에 죽을 수도 있을 밤이었을 테니까. 이 모든 건 순간적으로 그녀가 끼워 맞춘 퍼즐이었다. 물론 여기에는 앞뒤가 맞지 않는 구석들이 있었다.

하지만 확실한 것 한가지는 지금 이 순간 구도심의 낡은 화장실 앞에서 그녀가 그 누구에게도 환영받지 못하는 존재라는 사실이었다. 그녀는 자신이 아무런 대책도 없이 이곳으로 올라왔다는 사실이 믿기지 않았다. 세상에, 어떻게 내가, 유능한 경찰이었던 내가 이런 식으로 무모한 행동을 한 거지? 그녀는 남편을 떠올렸다. 그가 경찰에게 연락을 했을까? 그때 여자들 중 한명이 그녀의 뒤쪽으로 랜턴을 비추었다.

"사람이 또 있어?"

그녀는 뒤를 돌아보았다. 남편의 커다란 몸. 그가 중앙 계단과 이어지는 복도에 서 있었다. 그가 작게 소리쳤다.

"무슨 일이야? 여보, 어서 나가자."

그러자 전기 해머드릴을 든 남자가 소리를 질렀다.

"씨발, 다들 가버려! 제발 그냥 가버리라고!"

그녀는 남자가 덜덜 떨고 있다는 사실을 알아차렸다. 젊고 왜소한 남자, 신중에 신중을 더해서 범죄를 저질러 온 남자. 왜 그토록 철저한 계획이 필요했는가? 그는 체포되는 것이 두려웠던 것이다. 그리고 지금 그 남자가 예기치 못한 상황 앞에서 겁을 잔뜩 집어먹었다. 그녀의 남편이 그들 쪽으로 걸음을 옮기려고 하자 남자가 위협적으로 해머드릴을 휘둘렀다.

"다가오지 마. 그냥 꺼져버려! 다 꺼져버리라고!"

그녀는 일단 노숙자들을 데리고 바깥으로 나가야 한다고 생각했다. 그게 급선무였다. 자신을 제어할 능력을 잃어버린 애송이 ─ 심지어 무기를 가진 애송이 ─ 는 때때로 피도 눈물도 없는 악랄한 범죄자보다 훨씬 더 위험한 인물이 될 수도 있었다. 그녀가 여자들을 향해 말했다.

"일단 여기서 나가요. 더위를 피할 수 있게 제가 도와드릴게요. 일단 여기서 나가요."

"그래, 제발 부탁이니까 다 꺼져버리라고! 씨발! 제발 다 나가버리라고!"

남자가 소리쳤다. 그 순간 맥가이버 칼을 든 여자가 갑자기 남자에게 달려들었다. 당황한 남자가 아무렇게나 휘두른 해머드릴이 여자의 어깻죽지를 스쳤고 그 바람에 여자는 순간적으로 균형을 잃고 앞으로 넘어졌다. 그리고 여자 손에 들려 있던 맥가이버 칼이 그녀 쪽으로 떨어졌다. 남자는 마치 정신이 나간 사람처럼 넘어진 여자를 발로 걷어차기 시작했다. 그녀는 남자가 저런 식으로 누군가를 때려보는 게 처음일 거라고 확신했다. 그래서 지금이 상황이 더 위험했다. 남자는 서툴지만 강하게 여자의 머리채를 잡아끌었다. 여자의 머리채를 잡은 채 남자는 온몸을 덜덜 떨었다. 여자가 빠져나가려 버둥거렸고 나머지 여자들은 어쩔 줄을 몰라서 소리를 질러댔다.

저 멀리서부터 희미하지만 분명하게 경찰차 사이렌 소리가 들려오기 시작했다.

"아, 씨발, 경찰이 왔어?"

그는 이제 울먹이고 있었다. 최악이야. 완전히 자제력을 잃어버렸어, 그녀는 생각했다. 땀 때문에 손이 자꾸 미끄러워졌다. 머리카락이 성가시게 느껴졌다. 숨이 턱까지 차오르는 것 같은 기분. 머리채를 잡힌 여자를 거칠게 벽

쪽으로 밀어붙인 남자는 해머드릴을 위로 들어올렸다. 그녀는 자기 앞에 떨어진 맥가이버 칼을 집어 들고 남자를 향해 전력 질주했다.

"여보! 안 돼!"

순간적으로 해머드릴을 든 남자가 고개를 돌려 그를 바라보았다. 그 순간을 놓치지 않고 그녀가 몸으로 남자를 밀었다. 무언가 찢기는 느낌과 저 멀리서 들려오는, 자신을 부르는 남편의 목소리. 이질적인 두가지 감각이 그녀를 동시에 옭아맸다. 쓰러진 남자와 남자의 손아귀에서 풀려난 여자가 반쯤 몸을 일으키며 그녀를 바라보고 있었다. 저 멀리 내동댕이쳐진 해머드릴과 남자의 모자, 그녀의 플리플롭, 사람들의 발소리, 몸속의 무언가가 뜨겁게 팽창하는 듯한 기분. 그녀는 자신의 몸 전체가 너무 축축하다고 느꼈는데, 그게 피 때문인지 땀 때문인지 알 수가 없었다.

그녀는 어두운 복도 한가운데에 서 있었다. 저 멀리 복도의 끝, 스테인드글라스로 만들어진 커다란 창문이 보였다. 스테인드글라스의 무수한 색이 노골적인 빛을 품고 길게 뻗어 있었다. 그 외에는 오로지 암흑, 암흑뿐이었다. 어디에 있지? 그녀는 고개를 돌려 자신의 뒤로 길게 뻗은 복도를 바라보았다. 아무도 없었다. 그녀가 다시 스테인드글라스로 시선을 주었을 때 빛은 온데간데없이 사라진 후였다. 그리고 그 앞에 누군가 서 있었다. 셔츠 단추를 잠그는 손가락. 어둠 속에서도 그녀는 그걸 다 볼 수 있었다. 그 남자는 여유롭게 재킷을 걸쳤다. 누구지? 그 순간, 어디선가, 검은 모자 아래 마스크를 하고, 해머드릴을 든 왜소한 남자가 그녀에게로 천천히 걸어왔다. 남자의 걸음은 너무 느려서 영원히 그녀 자신에게 와닿지 못할 것 같았다. 그렇지만 그녀는 이루 말할 수 없는 두려움을 느꼈다.

"씨발년, 네 얼굴을 기억할 거야! 절대 잊어버리지 않을 거야! 너를 찢어발길 거야!"

남자가 소리를 질렀다. 그녀는 자신의 뒤에 남편이 서 있다는 사실을 알 수 있었다. 그리고 그가 소금 기둥이 된 것처럼 옴짝 못하리라는 사실도. 그녀는 소리를 지르고 싶었다. 피부를 가르는 듯한 통증, 누군가 그녀의 입으로 커다란 주먹을 무자비하게 쑤셔넣는 것 같았다. 그 커다란 손이 그녀의 식도와 위와 장을 통과하는 중이었다.

눈을 떴을 때는 새벽녘이었고 그녀는 침대 위에 누워 있었다. 잠시 동안 겸연쩍은 기분이 들었는데 눈에 고인 눈물 때문이었다. 꿈을 꿨구나, 눈을 한번 깜빡이자 눈물 한방울이 볼을 타고 또르르 흘러내렸다. 무엇 때문에? 그 순간 꿈속에서 느꼈던 통증이 실제로 그녀를 엄습했다. 혹독하고 무자비하게 그녀의 몸을 들쑤시는 것 같았다. 그제야 그녀는 자신이 누워 있는 곳이 병실이고 자신의 몸에 온갖 수액 바늘이 꽂혀 있다는 사실을 알 수 있었다. 보호자용 침대에서 구겨진 채로 자고 있던 남편이 소스라치듯이 깨어났다.

"괜찮아?"

7

　그는 한 손으로는 그녀의 이마에 맺힌 식은땀을 닦아주면서 다른 한 손으로는 그녀의 몸과 연결된 장치의 단추를 눌러주었다. 금방이라도 몸을 갈라놓을 것 같던 통증이 순식간에 물러나서 그녀는 오히려 어안이 벙벙해졌다. 꿈속에서 자신의 뒤에 서 있었던 남편의 모습이 떠올랐다. 소금 기둥이 되어버린 그의 모습. 해가 뜨기 전이라는 사실, 그가 병실의 불을 켜지 않았다는 사실에 감사한 마음이 들 지경이었다. 무언가 말을 하려고 했지만 입안이 바싹 말라 있었다. 그가 침대의 상판을 조절한 후 물을 먹여주었다.

　"내가 얼마나 이렇게 누워 있었던 거야?"

　입을 움직일 때마다 오른쪽 볼에 이물감이 느껴졌다. 오른쪽 볼과 목 부근으로 세로로 길게 부착된 거즈 테이프 때문이었다.

　"수술이 끝난 지 이틀하고 네시간이 지났어. 어제 오후까지 중환자실에 있다가 일반 병실로 올라온 거야."

남자의 드릴이 그녀의 피부를 뚫고 들어갔고, 피를 많이 흘렸지만 다행히도 장기에 손상은 그리 크지 않았다고 남편이 설명해줬다.

"수술은 잘됐다고 하는데 당신이 계속 안 깨어나서 얼마나 걱정했는지 몰라."

그는 그녀의 손을 잡으며 다정하게 말했다.

"그 여자들은 어떻게 됐어?"

그녀가 침을 삼키며 힘겹게 물었다.

"그 여자들?"

"노숙자들 말이야."

"아…… 크게 다친 사람은 없어. 남자에게 잡혔던 여자도 입원해서 치료받고 금방 퇴원했고. 그후엔 모두 다 보호시설로 넘겨졌어."

결국 그렇게 되었구나. 나 때문에 그 여자들이 결국은 보호시설로 가게 되었구나. 그녀는 그게 잘된 일인지 아닌지 판단할 수 없었다. 하지만 결국은 잘된 일이리라고 생각을 고쳐먹었다. 어쨌든 범죄자는 잡혀 들어갔고 여자들은 적어도 여름의 더위 때문에 죽지는 않을 터였다. 구도심 건물 사무실에서 근무하는 여자들이 화장실 때문에 발을 동동 구를 일도 이제는 없을 것이었다.

그녀는 자신의 얼굴에 붙은 긴 거즈를 손으로 한번 만 져보았다. 이런 상처도 결국은 사라진다. 약간의 흔적이 남더라도, 그건 괜찮아, 그녀는 생각했다. 이 정도면 해피엔딩이 아닌가? 확실한 해피엔딩이다, 그녀는 생각했다.

"여보."

"응?"

그녀는 자신이 깨어난 후로 처음으로 그와 눈이 마주쳤다는 사실을 깨달았다. 잠시 동안 말없이 그녀를 바라보던 그가 어깨를 한번 으쓱해 보였다.

"알고 보니까, 그 건물 관리자가 여름 동안 한달에 두어번씩 노숙자들이 사용할 수 있도록 건물 문을 열어놓았다는 거야. 호의를 베풀었던 거지."

그의 설명에 그녀는 곤혹스러움을 느꼈다. 한달에 두번이라니. 가혹한 우연의 우연이었다. 남자는 한밤중의 건물 상태를 알기 위해 답사를 몇번이나 했을 테지만 여자들이 건물을 사용하는 날이 아니었으므로, 그런 상황을 예상할 수는 없었을 것이다. 그리고 그날 여자들이 화장실을 쓰기로 경비원과 약속이 되어 있었으므로 문이 잠겨 있지 않았을 터였다. 하지만 남자는 문이 잠기지 않은 걸 대수롭지 않게 여겼다.

"그런데 왜 경비원이 그 여자들에게 호의를 베풀었을 것 같아?"

그녀는 그의 질문에 어리둥절했다. 어째서 그런 걸 묻는지 알 수 없었으므로.

"왜?"

"뻔한 거 아니야?"

뻔한 거 아니야? 그녀는 그 말을 곱씹었다. 도대체 뭐가 뻔하다는 거야? 자신의 남편. 희뿌연 새벽빛 아래 드러난 커다란 몸, 약간은 곱슬거리는 머리카락, 흠잡을 데 하나 없이 곧게 뻗은 코와 심각한 상황에도 언제나 미소를 짓고 있는 것처럼 보이는 얼굴…… 분명히 자신의 남편이었다. 하지만 이상했다. 그 순간 그녀는 그가 처음으로 마주하는, 아주 낯선 사람처럼 느껴졌다. 갑자기 뇌 어딘가에 숨어 있던 기억들(그녀는 임이라면 '어딘가'가 어디인지 알려줄 수 있으리라고 생각했다)이 우후죽순 튀어나오는 것 같았다. 방어할 틈도 없이, 뒤죽박죽으로 그녀를 침입하는 장면들.

그녀는 눈을 감았다. 더 잘 기억하고 싶어서가 아니라 잊어버리고 싶어서.

그 남자에게 뛰어가서 여자를 밀어냈을 때 자신의 얼굴을 긁고 복부로 떨어지던 해머드릴의 감촉이 떠올랐다. 모든 것이 순식간에 벌어진 일이었다. 서툴고 겁에 질린 남자는 자기의 의도와 상관없이 일단 드릴이 그녀의 피부를 찢고 들어가자 갑자기 이상한 자신감에 도취되었다. 때때로, 자제력을 완전하게 잃어버린 이들은 자신이 강해졌다는 착각에 빠지곤 한다. 아닌가, 자제력을 잃어버렸기에 강함을 획득하는 것인가? 남자가 체포될 때 쓰러진 자신을 향해 소리 지르던 것도 기억이 났다. 잔뜩 흥분한 채로, 너 때문에 모든 걸 망쳤다고, 너의 얼굴을 절대 잊지 않을 거라고, 무슨 수를 써서라도 복수할 거라고 말하며 몸부림치던 모습. 감은 그녀의 눈앞으로 남편이 보였다. 그녀는 고개를 흔들었다. 남편은 아무 말 없이 그녀의 침상을 원래대로 펴주었다. 그녀는 자기도 모르게 다시 깊은 잠에 빠져들었다.

그녀가 병원에 머물렀던 이주 동안, 대기를 태워버리기라도 할듯이 맹렬하게 달아오르던 여름의 기운은 사그라들었다. 불 속 같았던 여름 전체가 마치 그녀의 착각에 불과했다는 듯이. 집으로 돌아가는 차 안에서 그는 그녀의 손을 잡고 있었지만 입은 꾹 다물고 있었다.

간병인이 돌아가고 나면 퇴근한 그가 그녀의 곁에 머물렀다. 내가 해줄게, 당신은 가만히 있어. 그는 이 말을 끝도 없이 반복했다. 그는 아침저녁으로 얼굴에 난 상처에 연고를 덧발라주며 항상 덧붙였다. 걱정하지 마. 그녀는 아무것도 걱정하지 않는다고 대답했다. 가끔씩 그는 화를 냈다. 그녀가 아니라 간호사나 간병인에게. 그들이 조금이라도 그녀에게 서툴게 구는 걸 그는 참지 못했다. 그가 원래 이렇게 참을성이 없는 사람이었던 걸까? 그녀는 화를 내도록 그를 내버려두었다. 그는 항상 병실에서 잠이 들었다. 어느 날 새벽 병실에서 깨어난 그녀는 그 큰 몸을 구기듯이 웅크리고 보호자용 침대에서 잠든 그를 한동안 바라보다가 문득 그런 생각이 들었다. 그는 자신이 믿음직스러운 사람이라는 사실을 인정받으려고 있는 힘을 다해 애쓰는 중인 걸까? 아닌가, 그는 평소와 똑같이 행동할 뿐인데 그를 바라보는 내 시선이 오염된 걸까? 그가 하는 행동에 (좋든 나쁘든) 의미를 부여하는 사람은 (의도했든 그러지 않았든) 오로지 그녀 자신밖에 없을 것이므로. 그가 믿음직한 사람이라는 보증을 가장 필요로 하는 건 나 자신인 걸까?

커다란 개, 평화로운 곰. 그녀는 그 단어들을 작은 소리로 발음했다.

그녀가 퇴원한 후 그는 회사 일에 매진하기 시작했다.

"그동안 밀린 일이 많아."

그녀는 세상의 소식 — 뉴스나 인터넷 포털사이트 같은 것들 — 으로부터 자신을 떨어뜨려놓으려고 애썼다. (이유는 알 수 없었지만 그녀는 그렇게 했을 때 비로소 안도감을 느꼈다.) 그 역시 (그녀만큼 철저하게는 아니더라도) 뉴스와는 동떨어진 생활을 했다. 그녀의 유튜브 알고

리듬은 절대 그녀를 원하지 않는 곳으로 안내하지 않았다. 그런 게 가끔 섞여들 때에는 '추천안함'을 클릭하면 그만이었다. 그러므로 그녀의 세상은 안전했다. 남편과 함께하는 주말에는 소파에 나란히 앉아서 흥미도 없는 드라마나 영화를 봤다.(그녀는 예전에 자신들이 어떤 식으로 함께 시간을 보냈는지 도저히 기억해낼 수 없었다.)

주중에는 대체로 혼자 시간을 보냈지만 불안정하거나 무기력한 것은 아니라고, 지난 몇달 동안과는 완전히 다르다고, 자신은 신체적으로나 정신적으로나 매우 건강한 상태라고 생각했다. 시간이 조금 흐른 뒤에는 부모님이나 친구들에게 먼저 안부 문자를 보내거나 전화를 걸기도 했다. 자신에게 있었던 일에 대해서는 한마디도 하지 않았다. 그들은 그녀에게 어떤 일이 있었는지 전혀 알지 못했다. 가끔씩 '그날 밤'에 대한 이야기가 대화 주제가 될 때가 있었다. 너도 그 일을 알지? 그 사람 잡혔잖아. 그녀는 '그 일'이 사람들의 관심거리라는 걸 충분히 이해했다. 범인이 왜 그런 이상하고 우스꽝스러운 범죄를 저질렀는지 당연히 궁금할 터였다. 하지만 그녀 자신과 관련된 이야기, 이를테면 그 사람이 그날 밤에 여자를 찔렀대, 이런 말이 나오면 난감해졌다. 그게 자신이라고 밝혀야 하나?(절대로 그러고 싶지는 않았다.) 그냥 적당히 맞장구를 쳐야 하나?(이렇게 할 때마다 그녀는 짜증이 났다.) 이해할 수 없는 사실이 있었다. 그날 밤 이야기를 하는 사람들 모두 '다친 여자'가 휴직 중인 경찰이라는 사실을 알지 못한다는 점이었다. 어째서? 어째서 그 사실이 숨겨진 거지? 그다지 중요한 사실이 아니기 때문에 알려지지 않은 걸까?

그녀가 정말로 이해하기 어려운 건 시간이 지나도 그 일에 대한 관심이 좀처럼 사그라들지 않는다는 점이었다. 이 도시에는 더 심각하고 끔찍한 강력 범죄들이 많이 있을 터였다. 악랄한 살인 사건, 이런저런 이유로 스스로 목숨을 끊는 사람들, 정치인의 비리나 많은 사람들을 죽게 만드는 사기 같은 것도.(뉴스를 챙겨보지 않아도 이런 일이 끊임없이 일어난다는 걸 그녀는 경험으로 알았다.) 하지만 그 어느 것도 그날 밤의 일보다 더 큰 이슈가 되지 못하는 것 같았다. 어느 날 전화로 그녀의 아버지가 '그날 밤'에 다친 사람이 경찰이라는 '루머'를 말했다. 경찰이 무분별하게 행동했기 때문에 일이 커졌다고. 무분별하게 행동했다고? 아니, 대체 왜 그 사실이 '루머'로 다루어지는 거야? 마치 엄청난 비밀이라는 듯이. 그 사실을 숨김으로써 '경찰 당사자'에게 무슨 이득이라도 있는 것처럼 이 일이 다루어지는 중이었다.

"난 아직도 여자인 네가 너무 위험한 일을 하고 있다는 생각이 드는구나."

맙소사, 그녀는 결국 주위 사람들과 연락하는 걸 그만두기로 결정했다. 그후로도 그녀는 여전히 건강한 삶을 유지하려고 애썼다. 잠이 오지 않는 밤에는 수면제를 먹고 기억나지 않을 꿈을 마구 꾸었다. 아침에 일어나면 남편은 이미 출근을 한 뒤였다. 그녀는 식탁에 앉아 오랜 시간을 들여 따뜻한 수란과 과일을 충분히 섭취했다. 낮에는 얼굴에 난 상처가 덧나지 않게 얼굴에 자외선 차단제를 꼼꼼하게 바르고 동네 공원을 천천히 걸었다. 오후에는 음악 영상이 자동 재생되도록 모니터를 켜두고 창밖 하늘이 훤히 보이는 거실 소파에 누웠다. 힙합, 클래식, 발라드, 록, 댄스…… 그 무엇이라도 좋았다. 그녀는 누운 채로 손가락이나 발가락을 까닥거리면서 박자를 맞추었다. 하지만 가끔은 그 무엇도 좋게 느껴지지 않을 때가 있었다. 새벽 산책. 어쩔 수 없다는 듯이 '세이프 시티' 앱 속 디지털 지도를 들여다볼 때가 있었다. 위험도를 나타내는 숫자들과 X표시 사이를 손가락으로 짚으며 자신이 방문한 적이 있는 구도심을 연결해보곤 했다. 양철을 두드리는 빗방울 소리, 남편에게서 나던 젖은 먼지 냄새, 저 멀리 어디선가 들려오는 도시의 소음들. 낡아서 금방이라도 무너질 것처럼 보이지만 절대 무너지지 않을 건물들, 거기에 길게 드리워진 현수막, 우리는 위험에 처했습니다. 우리를 고쳐주세요. 혹은 정반대의 내용, 여기를 가만히 내버려둬라! 여기에는 여기의 삶이 있다!

그리고 단추와 손가락. 그런 생각을 하면 온몸의 신경이 과민해지는 것 같았고 무언가를 쥐어짜는 듯한 기분이 들었다. 그녀는 자신이 그런 기분에 빠져드는 게 싫었지만 언제나 굴복하고야 말았다.

퇴원하고 한달도 더 지난 어느 주말 저녁, 이리저리 채

널을 돌리던 남편이 시장 후보 경선 토론 프로그램에서 멈추었다. 그녀는 그런 건 보기가 싫었지만 잠자코 있었다. 시장 선거가 두달 앞으로 다가온 시점이었다. 상대방 후보는 자신감 넘치는 태도로, 현재의 구도심 개발과 신시가지 건립이 도시의 범죄율을 증가시켰다고, 엑스 구역(맙소사, 엑스 구역은 이제 보통명사가 되었구나,라고 그녀는 생각했다)은 우범지대나 다름없게 되었다며 도시가 훨씬 더 큰 위험에 처했다고 현시장을 공격하는 중이었다. 시장은 전혀 개의치 않았고 자신에게 질문을 던진 후보가 아니라 카메라를 응시하며 조용하지만 결연한 목소리로 말했다.

"지금 우리가 살고 있는 도시는 전례 없는 혼란을 겪고 있습니다. 이것은 앞으로 나아가기 위한 피할 수 없는 진통입니다. 진통이 없다면 그 무엇도 새로 얻을 수 없을 것입니다. 도시를 고치기 위해서 필요한 것은 세가지입니다. 시간과 강인함, 그리고 새로운 기술입니다. 강인함은 이미 가지고 있고 시간은 시민 여러분이 저에게 주실 수 있습니다. 그리고 저는 이 위험한 도시를 위해 새로운 기술을 선사할 준비가 되어 있습니다. 배포가 작은 다른 정치인들은 절대 할 수 없는 일이죠."

상대방 후보가 평정심을 잃고 말했다.

"배포가 작다니요? 이거 인신공격 아닙니까?"

화면 아래로는 동시에 송출되는 유튜브 라이브에 달리는 (제작진이 선별한 것이 분명한) 시청자들의 댓글이 흘러가고 있었다.

'범죄율이 올라간 건 도시 개발이 실패한 결과 아닌가?'

'어쨌거나 진통이 필요한 건 사실임.'

'더 나아졌으면 나아졌지 나빠졌다고 할 순 없다.'

'집값 많이 올랐잖아.'

'말장난 잘하네.'

'다른 사람이 시장 되면 여기 개판됨.'

그다음으로 흘러가는 댓글을 그녀의 남편이 따라 읽었다.

"이미 개판."

토론 프로그램이 끝나고 남편이 채널을 바꾸려고 하자 그녀가 제지했다.

"잠깐만."

다음 날 같은 시간에 방영될 프로그램 예고가 나오고 있었다. 「심야 토론: 기억 조절 기술, 새로운 세상을 향한 낙원의 기술인가? 아니면 선악과인가?」예고 영상에 등장한 출연진 중에는 임윤성이 있었다. 넥타이와 재킷을 단정하게 입은 채 단추도 끝까지 채우고 있었다. 거기에서 임은 그것들을 벗어둘 수 없었던 것이다. 당연했다. 하지만 당연한 그 모습에 그녀는 웃음이 나왔다. 그 웃음이 실소인지 조소인지 혹은 고소인지 자신도 알 수가 없었다. 기억 조절 기술이라, 그녀가 혼잣말하듯 중얼거리자 남편이 말했다.

"아, 당신은 몰랐겠구나. 한달 전쯤에 공식적으로 실험 계획을 밝히고 계속 언론에서 이야기 중이야. 윤성이 완전 유명인사가 됐어."

그녀는 의아하다는 듯 물었다.

"무슨 실험을?"

"그때 우리 집에서 했던 이야기…… 외상후스트레스장애 환자나 중독자들 치료, 뭐 그런 거……"

그녀는 문득 남편에게 묻고 싶었다. 당신은 없애고 싶은 기억이 있어? 혹은 누군가의 머릿속에서 끄집어내고 싶은 기억이 있어? 그녀는 고개를 흔들며 입술을 깨물었다. 그때 그가 말했다.

"여보, 더이상 새벽 산책을 나가지 않게 되어서 다행이야."

갑작스레 튀어나온 남편의 말. 지금 이 순간, 기어코 그 말을 발설하지 않으면 어떤 부분이 훼손되리라는 남편의 위기감 같은 것. 그녀는 남편을 바라보았다. 남편의 얼굴이 조금 일그러졌지만 그건 아주 잠깐이었고 이내 원래의 그 평온한 표정으로 돌아왔다.

8

늦은 점심 식사를 하고 음악 영상을 틀어놓은 채로 소파에 누워 '세이프 시티' 앱 속 지도를 보다가 깜빡 잠에 든 어느 날 오후, 그녀는 빗방울이 창문에 부딪히는 소리에 화들짝 놀라 잠에서 깼다. 가을에 도통 어울리지 않는 장대비가 창문에 요란한 소리를 내며 부딪히고 있었다. 그녀의 팔에 소름이 돋았다. 모니터에는 턱시도를 입고 피아노를 치는 남자의 흑백 영상이 막 시작되려는 참이었다. 그녀는 그게 1954년에 루빈스타인이 연주하는 「사랑의 꿈」 녹화 영상이라는 사실을 알고 있었다. 두 소절 정도가 지나가는 동안 루빈스타인의 피아노 치는 모습을 바라보던 그녀는 무심코 휴대전화를 확인했다. 그러고 한동안 휴대전화의 액정에서 눈을 떼지 못했다. 새로 온 메시지가 있었다. 단 한 문장이었지만 그녀는 루빈스타인의 「사랑의 꿈」 연주가 끝나고 플레트뇨프의 「사랑의 꿈」 연주 영상이 시작될 때까지 그 문장을 바라보고만 있었다.

임윤성에게서 온 메시지였다.

─하고 싶은 이야기가 있어요. 🙂

그녀는 의아했다. 이유는 여러가지였다. 도대체 언제 임의 번호를 저장해놨는지 기억을 해낼 수가 없어서, 임이 할 이야기가 무엇인지 도통 짐작할 수가 없어서, 그리고 임이 문장 뒤에 붙인 이모티콘 때문에. 임은 내가 겪은 일을 알고 있을까? 그녀는 자신이 그런 걸 궁금해한다는 사실 때문에 어처구니가 없었다. 임윤성이 알고 있을 리가 없었다. 남편은 임윤성에게 그날 밤 일어난 일에 대해 일언반구도 하지 않았을 것이었다. 분명히 그럴 것이었다.

그녀는 메시지창에 우리 둘이요?라고 적었다가 '우리'를 지웠고, 결국 그 문장을 다 지워버린 후에 무슨 일이 있어요?라고 메시지를 보냈다.

— 만나서 이야기를 하면 좋을 것 같아요. 🙂

하고 싶은 이야기? 임의 메시지가 하나 더 도착했다.

— 괜찮다면 오늘. 저녁 같이 먹어요. 🙂 🙂 🙂

그녀는 한 손으로 목을 문지르며 이모티콘 세개를 뚫어지게 바라보았다. 그리고 이런 생각을 했다. 만약 임윤성이 이런 우스꽝스러운 이모티콘을 보내지 않았다면 자신은 이 만남에 응하지 않았을 거라고, 순전히 이 이모티콘 때문에 임을 만나는 거라고. 그녀는 괜찮아요,라고 답을 보냈다. 약속 시간과 장소를 정하고 휴대전화를 옆으로 밀어놓고 나자 빗소리와 음악 소리가 다시 들려오기 시작했고 그녀는 낯선 곳에 지금 막 당도한 사람처럼 주위를 둘러보았다.

외출 준비를 끝내고 나왔을 때 비는 완전히 그쳐 있었고 어느새 계절은 가을의 한가운데에 도달해 있었다. 거리 곳곳에는 각 당의 시장 후보를 선전하는 현수막이 붙어 있었다. 천에 쓰인 (아니, 인쇄된) 글자는 언제나 처절하고 절박한 느낌을 주었다. 그래서 이렇게 기술이 발달한 지금도 사람들은 여전히 현수막을 사용하는 것이리라. 마치 구도심 곳곳에 걸린 그 현수막들처럼.

택시 차창에 비친 자신을 보고 문득 그녀는 초록색 니트 투피스와 하이힐이 너무 화려한 게 아닌가 하는 걱정을 했다. 초록색 니트 투피스는 그녀가 가장 좋아하는 옷 중 하나였다. 그녀는 택시 기사가 알아채지 못하기를 바라며(왜 이런 마음을 품었는지는 알 수 없었다), 가방에서 파운데이션을 꺼내 흉터가 남은 상처에 덧바른 후 티슈로 립스틱을 조금 닦아냈다.

임윤성이 문자로 주소를 보내준 식당은 최근에 만들어진 신시가지 한 구역에 문을 연 작고 소박한 프렌치 비스트로였다. 이 구역은 고풍스러운 느낌을 주기 위해 일부

러 낮은 층고의 건물을 여러개 이어서 조성했는데, 네모
난 건물과 건물 사이가 약간은 (아니, 매우) 복잡하게 회
랑으로 연결되어 있었고 그 중간중간에는 여러개의 중정
이 있었다. 국내 굴지의 기업이 재개발에 참여했고 뉴욕
에서 활동하는, 우리나라 출신의 세계적 건축가가 동원되
었다. "건축이 돈벌이가 아니라 문화라는 걸 사람들은 이
해해야 합니다." 이렇게 말한 건축가는 이 일에 참여하면
서 어마어마한 돈을 받았다.

임윤성은 먼저 와 있었다. 재킷과 넥타이는 이미 벗어
서 의자에 걸어두고 셔츠 소매를 걷어 올린 채 태블릿피시
를 열심히 보고 있었다. 최진유는 없었다. 그녀는 심호
흡을 한번 했다. 그런 그녀를 발견한 임이 태블릿피시를
끈 뒤 아, 하고 뜻 모를 소리를 내면서 손가락으로 눈썹을
긁었다.

"이리 와서 앉아요."

그녀는 고개를 끄덕이며 자리에 앉았다.

"살이 좀 빠진 것 같네요?"

"그렇지도 않아요."

그녀는 임을 똑바로 바라보며 대답했다. 임은 그녀의 남편에 비하면 체구가 작았다. 눈썹이 진하고 눈썹과 속눈썹의 사이에는 언제나 그늘이 졌다. 높지만 왼쪽으로 살짝 휜 콧대와 가만히 있으면 화가 난 것처럼 보이는 입매. 임은 언제나 깊은 생각에 빠져 있는 것처럼 보인다고, 심지어는 의미 없는 미소를 지을 때조차도,라고 그녀는 자신에게 미소를 보내는 임을 보며 생각했다.

"하고 싶은 말이 있다고 했잖아요."

그녀는 테이블 위의 작은 캔들을 만지작거리며 단도직입적으로 물었다. 직원이 그들 테이블로 다가와서 캔들에 불을 붙여주었다.(그 바람에 그녀는 캔들에서 손을 떼야 했다.) 직원이 돌아가자 임은 그녀에게 태블릿피시를 건넸다.

"거기에 북마크된 것들을 한번 읽어볼래요?"

그녀는 선선히 태블릿피시를 받아들었다.

무슨 일이 있어도 복수할 거야…… 섬뜩한 범죄자의 경고.

오랜만에 만난 친구들끼리 회포를 풀다가 집으로 돌아가던 윤씨와 일행은 화장실을 찾으러 (……) 그곳에서 (……) 강씨와 마주쳤다 (……) 강씨는 잡혀가는 순간까지 이주영(가명)에게 복수를 하겠다고 소리를 질렀다 (……) 몸을 날린 이씨 덕분에 목숨을 구한 윤씨는 그 상황이 너무 공포스러웠다고 말했다. 피해자가 될 뻔한 또다른 여성은 강씨가 그들을 발견한 순간부터 고압적인 폭력을 행사했다고 증언했다 (……) 강씨의 둔기에 찔린 이씨는 병원에서 수술을 받고 혼수상태였다가 이틀 뒤 깨어났다 (……) 강씨는 재물손괴죄와 과실치상, 그리고 폭행죄로 입건되었지만, 현행법상 높은 형량을 선고받지 않을 가능성이 높다고 전문가들은 입을 모았다.

　부수고 보니 여자 화장실?

　(……) 강씨의 변호사는 이씨가 강씨를 자극하지 않았다면 사고가 발생하지 않았으리라고 설명했다. 공업고등학교를 졸업하고 특수기계 회사에서 성실하게 근무해온 강씨는 화장실을 파손한 것에 대해서는 변명의 여지없이

반성하고 있다고 덧붙이기도 했다. 강씨의 변호사는 그게 강씨의 '비뚤어진 취미생활'일 뿐이라고 했고 범행 장소를 구도심 건물의 화장실로 정한 건 그저 출입이 용이하기 때문이었으며 여자 화장실을 고른 것은 절대 의도한 게 아니고 우연에 불과하다고, 부수고 보니 여자 화장실이었을 뿐이라고 주장했다

혐오범죄는 혐오범죄다.

여성단체들은 이 사건을 혐오범죄의 차원에서 바라봐야 한다고 주장한다. 미혼모와 저소득층 여성을 지원하는 '여성 행복살림' 단체를 비롯한 대표적 여성단체들은 이러한 혐오범죄를 적절하게 처벌하지 않는다면 비슷한 사건이 계속 발생할 거라고 경고했다. "여자 화장실을 부순 것, 특히 구도심 건물의 화장실만을 부순 것이 어떻게 우연이라고 말할 수 있습니까?" 다른 여성단체의 사무국장은 이렇게 말했다. "결국은 한 여성이 중상해를 입은 후에야 이 사건이 종결되었다는 점은 매우 상징적입니다. 범죄자는 체포된 순간에도 피해자에게 반드시 복수하겠다고

소리를 질렀어요. 그 포악한 남자가 피를 쏟아내고 있는
여자에게 소리쳤단 말입니다."

기사를 읽어내려가는 동안 그녀는 침착함을 유지하려
고 애썼다. 그 사건에 대한 기사를 실제로 접한 건 처음이
었다. 도대체 무슨 일이 일어나고 있는 건지 혼란스러워
졌고, 도대체 임윤성이 왜 자신에게 이런 기사를 읽게 하
는 건지 알 수가 없었다.

"이걸 나한테 왜 보여주는 거예요?"

임윤성은 어깨를 한번 으쓱하더니 말했다.

"동영상 링크랑 SNS 링크도 있어요. 그것도 한번 봐요."

그녀는 잠시 망설였지만 결국 그중 하나를 클릭했다.
'그날 밤의 피해자 전격 인터뷰—그는 파괴자입니다'라
는 섬네일의, 시사를 다루는 유명 유튜버 방송이었다. 영
상 속 여자는 멀끔해 보였다. 하지만 그녀는 영상 속 여자
가 누군지 알았다. 진한 화장으로도 가려지지 않는 여자
의 한쪽 볼, 푸르스름한 반점. 그날 밤 거기에 있던 여자
노숙자들 중 한명. 여자는 목에 난 상처를 가리키며 말했

다. "저는 이 정도의 상처로 끝나서 다행이라고 생각하고 있어요. 그때는 영락없이 죽을 거라고 생각했거든요. 그 정신 나간 새끼, 아, 죄송해요, 하지만 어떻게 불러야 할지. (진행자가 편한 대로 하라고 말했다.) 그 정신 나간 새끼가 그 여자를 찔렀어요…… 아, 그 여자가 어디서 나타났느냐고요? 몰라요. 그냥 지나가다가 들렸겠죠…… 근데 이거 하나는 확실하게 말할 수 있어요. 그 정신 나간 새끼는 그…… 그 여자를 찌를 때 전혀 망설임이 없었다구요. 죽일 수 있었다면 그렇게 했을 거예요. 아니, 죽이려고 했는데 실패한 거라고 봐요. 그 새끼가 잡혀갈 때 분명히 말했어요. 욕설을 섞어가며 말했죠. 막 흥분해서, 제가 볼 땐 그때 그 새끼는 진짜 흥분해서 날뛰더군요. 어쩌면 정말 그가 하고 싶었던 일은 그런 식으로 여자를 죽이는 일이었는지도 모르죠. 그 남자가 소리쳤어요. 진짜 죽여버릴 거라고, 시간이 얼마나 걸리든 그렇게 할 거라고. 악마가 따로 없었다니까." 여자의 표정은 상기되었고 목소리는 격양되어 있었다. 그리고 미묘한 떨림과 꾸며진 듯한 느낌, 그녀는 그걸 알 수 있었다. 하지만 지금 그녀에게 가장 큰 의문은 다른 무엇보다 임윤성이 이것들을 보여주는 이유였다. 뭔가를 아는 걸까? 그럴 수도 있었다. 그럴 수도 있나……? 하지만 그렇더라도 왜?

그녀는 내친 김에 다른 링크도 클릭했다. 이번에는 사회에서 일어나는 온갖 사건 사고를 전달하는 유튜버의 영상이었다. "그가 저지른 일은 그저 화장실을 부순 것뿐이잖아요. 물론 그날 밤 구도심의 건물에서 육탄전이 있었고 지나가던 시민이 부상을 당하기는 했지만, 확인해본 결과(그녀는 궁금했다. 도대체 누구에게 확인을 했다는 거야?) 피해자는 목숨에 이상이 없고 퇴원 후 일상으로 돌아간 상태라고 하더라고요? 그런데 이 범죄자에게 지금 쏟아지는 관심과 비난은 지나친 면이 있죠."

의학을 다루는 영상에서 정신건강의학과 의사가 말했다. "그는 어렸을 적 아주 극심한 가정 폭력에 노출되어 있었습니다. 중고등학교 때도 왜소한 몸집 때문에 괴롭힘의 대상이 되었다고 하더라고요. 그의 몸에 새겨진 문신들을 살펴보면…… 모두 다 남성성과 관련된 것입니다. 여성혐오를 일삼는 특정 커뮤니티의 헤비유저라는 사실도 밝혀졌구요." 그러자 그 반대편에 앉아 있던 다른 의사가 말했다. "그렇다고 하더라도 그에게 다른 범죄 기록이 있었던 건 아니잖습니까? 주변에 의하면 공장에서 성실하게 일하고 아주 열심히 사는 청년이었다고 하더군요. 아마도 스트레스를 풀 데를 찾아서 전전했던 것 같습니다."

그녀는 그 영상의 댓글은 읽어보지도 않았다.

SNS 유저들은 범인을 '화남'이라 지칭하고 있었다. '화장실을 부수는 남자'의 줄임말이었다. '화남'에 대한 비난과 옹호가 어지럽게 뒤섞여 있었다. "미친놈임. 진짜 악질적으로 여자들을 괴롭히려고 한 거임." "그 커뮤 애들이 다 그런 새끼들이지 뭐." 이렇게 말하는 쪽도 있었다. "화남이 여자 화장실만 골라서 부수었다고? 화남의 무의식이 그런 식으로 조종한 거임. 걔는 이 사회에서 적절한 보호를 한번도 받지 못한 불쌍한 애였음." "사회적 보호를 못 받으면 다 그렇게 행동함?" "더 심하게 행동하는 애들도 있지."

그녀는 더 볼 것도 없다는 듯 태블릿피시를 내려놓으며 임윤성에게 물었다.

"이게 뭐예요?"

"벌써 다 봤어요?"

그녀는 말없이 임윤성을 바라보았다. 이윽고 임윤성이
입을 열었다.

"그럴 줄 알았어요."

"뭐가요?"

"상황이 어떻게 돌아가는지 모를 줄 알았다고요."

이번에도 그녀는 곤혹스러웠다. 내가 모를 줄 어떻게
알았다는 거야? 뭘 모른다는 거야? 저 남자는 지금 나랑
뭘 하려는 거지?

"상황이 어떻게 돌아가는지 내가 왜 알아야 하죠?"

임은 자신의 턱을 문지르며 대답했다.

"당신이 바로 그날 밤 중상해를 당한 바로 그 여자 경찰
이니까요."

여자 경찰, 그녀는 그 말을 증오했다. 하지만 지금은 그
단어가 쓰이기에 적절한 순간이라는 걸 인정할 수밖에 없
었다. 그녀는 이마를 찌푸리며 물었다.

"어떻게 알았어요?"

"내가 아는 건 그것뿐만이 아니에요."

그녀는 순간 얼굴에 열이 올랐다. 급하게 자리에서 일어나는 바람에 식기가 바닥으로 떨어졌고 주위에 앉아 있던 사람들이 그녀를 흘끔거렸다. 그녀는 평정심을 유지하려고 애쓰며 작은 목소리로 말했다.

"이만 돌아가야겠어요."

"앉아요."

임은 명령조였다.

"내가 뭘 아는지 궁금하지 않아요? 지금 무슨 일이 벌어지는 건지 알고 싶지 않냐고요."

"궁금하지 않아요."

임은 그녀를 올려다보며 말했다. 마치 그녀를 달래듯이.

"음식이 나오지도 않았잖아요. 여기 음식 정말 맛있어요."

그의 말투 때문에 그녀는 화가 났다.

"그렇게 맛있는 음식은 혼자서 마음껏 드시죠."

그녀는 경멸하는 듯한 미소를 지어 보였지만 정작 자신이 왜 이렇게 화가 났는지, 무엇을 경멸해야 하는지는 알지 못했다. 출입문이 너무 멀게 느껴졌다. 내가 아는 건 그것뿐만이 아니에요. 그녀는 그 말을 되뇌며 임윤성이 자신의 뒷모습에서 아무런 감정도 읽어내지 못하기를 바랐다.

그리 오랜 시간 식당에 머문 것 같지 않았는데 바깥에는 어느새 어둠이 내려 있었다. 대기는 차갑고 어둡고 축축했다. 그쳤던 비가 다시 내리고 있었다. 길게 이어진 회랑을 흐릿하게 비추는 노란색 등 아래에 선 그녀는 출구로 가려면 어디로 가야 하는지를 가늠해보았지만 기억이 나지 않았다. 빌어먹을 건물, 대체 왜 이렇게 복잡하게 만들어놓은 거야? 이게 문화적으로 멋진 거야……? 하…… 그녀는 벽에 등을 기대고 섰다. 봉합 수술을 한 복부에서 통증이 느껴졌다. 임윤성을 만나러 나온 것 자체가 문제였다. 그게 다 임이 보낸 이모티콘 때문이었어. 망할 이모티콘.

그녀에게는 생각을 정리할 시간이 필요했다. 임윤성이 보여준 그 기사와 영상들. 그건 '흥미 있는' 사건에 대한 일시적인 대중의 관심 정도가 아니었다. 이건 '중요한' 사건이었다. 어떻게? 거기에 어떤, 고려해야 할 다른 복잡한 사항들이 있는 거지? 내가 놓친 게 있는 걸까? 있었다. 그 날 밤, 그녀는 분명히 경찰이라고 신분을 밝혔지만 그 사실은 처음에는 숨겨졌고 나중에는 무슨 커다란 비밀이라도 되는 것처럼 대중에게 조금씩 흘러나갔다. 그것뿐만이 아니었다. 거기에 있던 거의 모든 사람들이 숨겨져 있는 거나 마찬가지였다. 그 여자들이 노숙자였다는 사실도, 자신과 남편의 신변도.

기사에서 은근하게 풍기는 그날 밤의 분위기 ─ 포악한 남자 범죄자와 겁에 질린 여자들 ─ 가 있었다. 하지만 아니었다. 그날 밤, 겁에 질린 건 그 남자였다. 여자들은 겁에 질린 게 아니라 화가 나 있었다. 사실인 척하면서 실제로 일어난 일들을 빼돌리기. 세세한 항목까지 밝히는 것인 양 위장하면서 중요한 사실은 미묘하게 누락하는 서술. 그 여자들이 오랜만에 만나 회포를 풀었다? 그 여자들은 노숙자였다. 분명히 그랬다. 남편은 그녀들이 보호시설로 들어갔다고 말했다. 그런데 그중 한명은 멀끔한 모습으로 대중 앞에 나타나서 인터뷰를 했다…… 그녀는 그 노숙자들이 보호시설에서 금방 나왔으리라는 사실을 알 수 있었다. 누군가 그 여자들과 거래를 한 것이다. 그 여자들이 노숙자라는 사실을 숨기려고 그 여자들에게 '호의를 베푼' 경비원의 입도 막았다.(그건 아주 손쉬운 일이었을 것이다.)

그녀는 끙, 소리를 내며 벽에서 몸을 떼고 똑바로 섰다. 무작정 회랑을 따라 걷기 시작했다. 그녀는 몇개의 업장 ─ 캔들 가게와 비건 화장품 판매장과 향수 전문점, 디저트 가게 등등 ─ 을 통과하며 걸었는데, 걸으면 걸을수록 자신이 어디에 있는지 알 수가 없어졌다. 그저 앞으로 걷다보니 어느새 가게들은 사라지고 이제 그녀는 창문이 없는 복도의 한가운데에 서 있게 되었다. 양쪽으로는 닫힌 철제 문이 이어졌고, 천장에는 백열등이 일렬로 달려 있었다. 아무리 걷고 걸어도 똑같은 곳을 뱅뱅 도는 것 같은 기분이었다. 복부의 통증이 점점 더 심해지는 걸 느끼며 그녀는 어디에선가 계속해서 들려오는 빗소리를 놓치지 않으려고 안간힘을 썼다. 빗소리를 따라가야 해. 여기에 계속 있다가는 숨이 막혀 죽을 것 같아. 그녀가 걸음을 멈추고 벽에 기대어 숨을 고르고 있을 때, 뒤쪽에서 목소리가 들렸다.

"여기에 있었네요."

임윤성이었다. 구김이 간 재킷을 입고 넥타이까지 다시 착용한 임윤성이 거기에, 그녀의 뒤쪽에, 창백한 백열등 아래에 서 있었다. 그녀는 이렇게 말할 수밖에 없었다.

"나 좀 여기서 빠져나가게 해줄래요?"

임윤성은 별다른 반응을 보이지 않은 채 그녀를 지나쳐 복도를 걸어갔다. 그녀는 그런 임의 뒷모습을 바라보고 서 있었다. 임이 복도 양옆으로 난 문 중 하나에 카드를 태그했다. 그녀는 맥이 탁 풀렸다. 그게 바로 실외로 통하는 문이었다. 열린 문틈으로 빗소리가 더 크게 들려왔다. 하지만 그게 실외로 통하는 문이라는 걸 그녀가 알았다 한들 소용이 없었을 것이다. 그녀에게는 태그할 카드가 없었으므로.

문밖은 주차장이었다. 차 두대가 들어갈 만한 자리 양옆과 위는 벽으로 막혀 있었다. 무수한 빗줄기가 지상의 사물들을 사정없이 내리치고 있었다.

"내 주차장이에요. 특별히 선물받은 거죠."

내 주차장이라, 앞쪽이 뻥 뚫려 있어서 어떤 차든 마음만 먹으면 주차할 수 있을 것 같았다. 그녀의 그런 생각을 눈치챘는지 임윤성이 말했다.

"저쪽 벽에 센서가 달려 있어서 각각의 자리에는 미리 등록한 차만 들어올 수 있어요."

"누가 이런 걸 줘요?"

"이 도시가?"

임이 빙그레 웃었다. 그녀는 지금의 임윤성이 최진유(그리고 그녀의 남편)와 함께 있을 때와는 확연하게 다른 사람 같다고 느꼈다.

"타요."

그녀는 임의 말을 무시하고 빗속으로 걸어 들어갔다. 순간 플래시를 터뜨린 것처럼 하늘이 번쩍, 하고 밝아졌다가 순식간에 다시 어두워졌다. 손톱만 한 우박이 비에 섞여 떨어지기 시작했다. 임이 빗속으로 빠르게 걸어나와 그녀의 손을 잡아끌었다. 그는 거칠게 차 문을 열어 그녀를 밀어넣은 후 운전석으로 가서 앉았다.

"어떻게 알았어요?"

임이 글러브 박스에서 손수건을 꺼내 그녀에게 건네주며 대답했다.

"설마요. 당신이 거기에 있는 줄 몰랐어요. 난 주차장에 가는 길이었어요. 회사로 돌아가야 하거든요."

"아니요. 그 사건에 내가 연루되어 있다는 거요."

그녀는 침착하게 임 쪽으로 고개를 돌리며 말했다. 그녀의 젖은 머리카락에서 빗방울이 떨어져 볼을 타고 흘렀다. 문득 자신의 얼굴에 난 상처가 드러났으리라는 생각이 들었다. 이 안이 어두워서 다행이라고, 그녀는 생각했다.

"닦아요. 몸도 완전히 회복되지 않았을 텐데 감기에 걸리면 안 되잖아요."

그녀는 임이 건네준 손수건으로 얼굴을 닦았다. 그렇구나. 이들의 집이 그랬던 것처럼 이 차 안에도 일회용품은 없는 거구나. 복부의 통증이 다시 느껴졌지만 티를 내지 않으려고 노력했다. 아프다는 사실을 임이 알아차리는 게 싫었다.

"내가 휴직한 것도 알고 있는 거죠? 언제부터 알았던 거예요?"

그녀는 왜 기어코 이런 걸 묻고 있는지 알 수 없었다. 그게 무슨 상관이란 말인가? 그녀에게는 마땅히 궁금하게 여겨야 하는 다른 항목들이 있었다. 이를테면 왜 그런 기사들을 보여준 것인지, 만나자고 한 목적이 무엇인지, 대체 무슨 일이 일어나고 있는 건지, 그런 것들. 하지만 그 순간 그녀의 머릿속에는 임의 앞에서 자신이 여전히 경찰 일을 하는 척했던 장면이 반복적으로 떠오르고 있었다. 당신은 경찰이니까 잘 알겠죠? 그런 질문을 받을 때마다 어떤 식으로 대답했던가? 그런 자신을 보고 임은 무슨 생각을 했을까? 뻔뻔하다고 생각했을까? 거짓말에 능숙하다고? 그녀는 그런 대화가 오고 간 날의 기억을 임의 머리에서 모조리 꺼내서 없애버리고 싶었다.

하지만 정말 궁금한 건, 그녀가 경찰 일을 그만둔 이유에 대해 임윤성이 얼마나 알고 있는가에 대한 거였다.

"몰랐어요, 정말 몰랐어요. 이번에 알게 된 거예요."

변명하는 투도 아니었고 난감해하는 기색도 전혀 없었다. 그녀는 그제야 이 차 안에 오른 후로 임이 자신을 한번도 바라보지 않았다는 사실을 깨달았다. 임은 핸들 위에 손을 올린 채, 작은 우박과 빗줄기가 쉴 새 없이 부딪히는 차창을 응시하며 그저 사실만을 발설한다는 투로 말을 이었다.

"오늘 만나자고 한 건, 부탁할 일이 있어서였어요."

임은 말을 멈추고 한동안 가만히 있었다. 해야 할 말과 하지 말아야 하는 말을 고르는 듯한 신중한 태도로.

"곧 공청회가 열릴 겁니다. 거기에 당신이 증인으로 서 주었으면 해요. 물론 당신의 얼굴이나 신상을 공개하지는 않을 겁니다."

전혀 예상하지 못한 부탁이었다.

"뭐에 대한 공청회요? 뭘 증언하라는 거예요?"

"그 사건 이후로 계속해서 공포를 느끼고 있다고요. 불면증에 시달리고 있고 수면제를 처방받았다고요. 불안증을 앓고 있다고요."

그녀는 차가운 말투로 대답했다.

"수면제를 처방받은 것까지 알고 있어요? 하지만 잘못 짚었어요. 난 불안증 같은 거 없어요. 공포를 느끼지도 않는다고요. 나는 그런 사건 현장이라면 이력이 난 사람이에요. 그런 걸로 공포를 느꼈다면 진작 일을 그만뒀을 거라고요."

임은 여전히 우박과 비가 사정없이 쏟아지는 전면창 바깥을 응시하고 있었다.

"당신이 실제로 무엇을 느끼는지는 중요하지 않아요."

"뭐라고요?"

"몇년 전부터 우리 회사는 정부와 언론 쪽에 로비를 해왔어요. 그러면서 임상 실험을 할 수 있는 적절한 방법과 시기를 노리고 있었어요. 인권단체들의 입을 다물게 만들수 있는 계기, 대중의 관심, 여론, 정치적 필요, 적당한 대상자……"

"적당한 대상자가 나예요?"

임윤성은 이번에야말로 난감하다는 듯한 표정을 지었다.

"그냥 솔직하게 말할게요. 그날 밤, 다친 사람이 당신이라는 말을 들었을 때 그런 생각이 들더군요. 이건 다시 안올 기회야. 운명이, 우주가, 역사가 우리를 돕고 있는 거야,라는 그런 생각 말입니다."

그녀는 임윤성의 입에서 이런 말이 나왔다는 사실을 믿

을 수가 없었다. 농담으로도 안 할 말이었다. 임윤성은 그런 그녀의 마음을 아는지 모르는지 계속 말을 이었다.

"적당한 대상자라는 건 당신을 지칭하는 게 아니에요. 아…… 그…… 지금 거의 완벽한 기회가 왔어요. 이걸 놓치면 또 얼마나 더 기다려야 할지 알 수 없어요."

"대체 무슨 말을 하는 거예요?"

"기억을 조절하는 실험이요."

젠장, 그녀는 자동차 시트에 몸을 깊숙이 파묻으며 속삭였다. 복부의 통증이 더 심해지고 있었다.

"더 자세한 건 말해줄 수 없어요. 며칠 이내로 시장이 시정 연설에서 그 남자에게 기억 조절 실험을 하는 것에 대해 언급할 거예요."

"그 남자요?"

"당신을 찌른 남자요."

그녀는 두 손으로 자신의 얼굴을 문질렀다.

"그 남자의 기억을 없앤다고요?"

그녀는 토론회에서 봤던 시장을 떠올렸다. ……저는 이 위험한 도시를 위해 새로운 기술을 선사할 준비가 되어 있습니다,라고 했던가? 하, 그리고 기억 조절 기술 관련 프로그램 예고가 이어졌지. 허, 세상에. 참으로 꼼꼼하구나.

"시장이 그 이야기를 하고 나면 아마 여론이 시끄러워지고 관심이 온통 이리로 쏠릴 거예요. 그리고 조금 시간이 지나면 정부에서 이 사안을 공청회에 붙일 거라고 말할 겁니다."

"그런 건 불가능해요. 그런 식으로……"

"당신은 몰라요."

"아니요, 모르는 건 당신이죠. 당신이 무슨 생각 하는지 알아요. 범죄, 도파민, 중독 어쩌고…… 하지만 범죄를 저지른 최초의 기억을 없앤다고 해서 다시는 범죄를 저지르지 않을 거라는 보장은 그 어디에도 없어요."

"그런 가능성을 우리가 모를 것 같아요?"

임이 말을 이었다.

"그래도 해보는 겁니다. 이건 기회예요. 다시 안 올 기회라고요."

"기회라고요?"

"당신의 시선 바깥에 당신이 상상하는 것보다 훨씬 더

복잡하고 빈틈없이 돌아가는 세상이 존재해요. 당신들의 눈이 닿지 않는 곳에서 엄청나게 많은 일이 벌어지고 있다고요. 아니, 이 세상을 움직이는 거의 모든 일이 그런 식으로 벌어지고 있어요."

"세상에, 내가 그런 걸 모를 것 같아요? 이봐요, 자꾸 잊어버리는 모양인데, 난 경찰이에요. 당신보다……"

"그럼 잘됐네요. 더 잘 이해하겠군요."

"아는 것과 이해하는 건 완전히 다른 일이에요. 그게 똑같아지는 순간, 끝장나는 거라고요."

그녀는 지금 자신이 무슨 말을 하는 건지 모르겠다고 생각했다. 무엇이 끝장난단 말인가? 자신이 알 수 있는 건, 이 순간 느끼는 통증이 진짜라는 것, 그리고 이마에서 식은땀이 흐르고 입술이 말라간다는 사실뿐이었다. 임이 차가운 목소리로 내뱉듯이 말했다.

"임상 실험은 진행될 겁니다. 물론 임상 실험이라는 단어는 사용되지 않을 테지만."

"그럼 그걸 뭐라고 부를 건데요?"

"기억 교정술."

그녀 자신도 모르게 웃음이 났다. 그건 완벽한 조소였다. 완벽한 조소 때문에 그녀의 복부 통증은 더 심해진 것 같았다.

"보건복지부나 법무부, 그리고 국회위원들도 우리 쪽에서는 다 준비되어 있어요. 여론도 거의 우리가 원하는 대로 움직이고 있어요."

'우리가' 원하는 대로 움직이고 있다. 그녀는 그 말을 곱씹었다.

"그리고 이제 나를 당신들이 원하는 대로 움직이게 하고 싶은 거군요."

그제야 임이 어둠 속에서 고개를 돌리고 그녀를 바라보았다.

"공청회에 참석해서 내가 말한 대로 증언을 하는 게 좋을 겁니다. 친구로서 충고하는 거예요."

친구로서 충고하는 거라고? 임의 눈동자가 반짝거린다고, 그녀는 생각했다. 임이 백미러 옆에 있는 스위치를 눌렀다. 그러자 어둡던 차 안이 흐릿한 빛으로 채워졌다. 빛 아래에서 임윤성이 그녀 쪽으로 천천히 몸을 기울였다.

자신에게 다가오는 임을, 그녀는 잠자코 바라보기만 했다. 숨이 조금씩 가빠지고 식은땀이 새어나왔다. 그게 통증 때문인지 다른 이유 때문인지 그녀는 알 수 없었다. 코앞까지 다가온 임윤성이 약간은 조급한 목소리로 속삭이듯이 말했다.

"당신, 피가 나요. 피가 너무 많이 나요."

그녀는 그제야 초록색 니트 위로 배어나온 축축한 피의 감촉을 알아차릴 수 있었다.

9

그녀가 상처 봉합 수술을 받는 동안, 그녀의 남편이 최진유가 일하는 병원에 도착했다. 이곳에 와본 건 처음이었다. 최가 항상 자신은 '이 정도' 병원에 만족한다고 말했기 때문에 규모가 작은 줄 알았는데 그런 수준이 아니었다. 입원실과 수술실을 몇개나 갖춘, 규모가 큰 2차 병원이었고 최진유는 꽤 높은 직급인 듯했다. 최진유의 진료실에는 고풍스러운 소파와 책장이 있었고 바닥에는 고급 카펫이 깔려 있었다.

"우리 남편이 당신 아내를 우리 병원으로 데리고 왔어요. 아무래도 수속이나 이런 게 편할 거라고 생각했나봐요. 남편은 나한테 당신 아내를 맡기고 회사로 돌아갔고요."

최진유는 한숨을 쉬며 말했지만 임윤성을 탓하는 기운 같은 건 찾아볼 수 없었다.

"무슨 일이 있었던 겁니까?"

최진유는 대수롭지 않다는 듯 대답했다.

"같이 있었는데, 수술 부위에서 출혈이 좀 있었나봐요. 남편이 차로 실어 왔어요."

그가 멍한 표정을 짓고만 있자 별수 없다는 듯 최진유가 말을 이었다.

"아주 드물지만 이런 일이 있어요. 너무 걱정 말고요. 수술은 금방 끝날 거고 늦어도 내일모레면 퇴원할 수 있을 거예요."

"당신 남편이랑 내 아내가 둘이…… 같이 있었다고요?"

오히려 최가 놀랍다는 듯 되물었다.

"몰랐어요?"

"당신은 알았어요?"

최가 가볍게 웃으며 대답했다.

"아니요. 당연히 몰랐죠."

그리고 그를 가볍게 탓하는 말투로 덧붙였다.

"당신은 알고 있을 줄 알았죠."

"전에도 둘이 만난 적이 있는 거예요?"

최진유는 잠시 동안 그를 바라보다가 약간은 심드렁하게 답했다.

"그걸 내가 어떻게 알겠어요?"

그는 화가 났다. 누구에게, 왜, 화가 나는지 알 수 없었다. 최진유의 이런 태도가 자신의 신경을 긁고 있다는 건 알았다. 그는 마른 손으로 얼굴을 문지르며 자신도 모르게 내뱉듯 말했다.

"왜 모든 일들이 그냥 흘러가게 내버려두지 않는 건지 모르겠어요."

여전히 별 관심 없다는 투로 최진유가 답했다.

"그래요?"

그는 아내가 그날 밤의 일들에서 멀어지려고 노력 중이라는 사실을 알았다. 그리고 그건 좋은 일이라고 생각했다. 어쨌든 사람들은 시간이 지나면 자연스럽게 그날 밤의 일을 잊을 거고 떠드는 것을 멈출 테니까. 그리고 아내의 기억에서도 그날 밤의 일이 점점 희미해지리라고 믿었다. 완전히 잊지는 못하더라도 결국에는. 하지만 그 일이 있은 지 두어달이 지난 지금도 사람들은 격론을 벌이는 중이었다. 그 일은 그냥 그런 식으로 사라지지 않을 것 같았다. 물론 그는 그날 밤의 일이 조금 이상한 방식으로 다루어진다는 것도 알았다. 거기에 있었던 여성들은 노숙자가 분명했지만 그런 이야기는 어디에도 없었다. 그 여자들에게 호의를 베푼 경비원에 대한 언급도 없었다. 거기서 '찔린' 여자가 경찰이라는 언급은 잠깐 사람들 사이에서 루머처럼 돌았다가 사그라들었다. 처음에 언급되지 않은 사항은 또 있었다. 그날 밤 범죄자를 제외하고 바로 그 장소에 있었던 단 한명의 남자인 자신에 대한 것. 하지만 최근에 그 사실이 알려지기 시작한 모양이었다.

젠장, 그날 밤의 자신이 떠오르자 그는 무의식중에 고

개를 절레절레 저었다. 그러다가 문득 시선이 최진유의 사무실 책장으로 가닿았다. 거기에는 최가 정기적으로 후원해온 미혼모와 아이들의 사진과 편지, 각종 시민단체에서 받은 감사패가 빽빽하게 진열되어 있었다.

그는 자리에서 일어나 그쪽으로 걸어갔다. 최진유는 그런 그를 그냥 바라보기만 했다. 그는 책장 속의 물품들을 유심히 살펴보다가 다른 사진들보다 조금 더 크게 인쇄된 액자 사진 두개에 시선이 멈추었다. 자주색 트위드 재킷을 입은 최가 단상 위에서 연설을 하는 모습이었다. 뒤로는 '모두 함께 살아가는 도시 포럼'이라는 글씨가 보였다. 사진 속 최진유의 귀걸이에 박힌 보석이 반짝하고 빛났다. 다른 사진도 있었다. 역시 화려한 귀걸이를 착용한 채 아무 무늬 없는 검정색 원피스를 입고서 사람들 사이에 서 있는 모습. 언제나처럼 신중하고 침착한 표정. 자신만만함을 감추려는 신중함일까? 키가 가장 큰 탓에 사람들 사이에 우뚝 선 것처럼 보였다. 그들 뒤로는 '여성행복 스마일'이라고 적힌 커다란 팻말이 붙어 있었다.

그는 문득 묘한 위화감을 느꼈다. 다시 최진유에게로

다가가 자리에 앉은 그가 입을 열었다.

"그 사건이요. 구도심 건물 화장실에서 그 남자를 제지하다 여자가 다쳐서 입원했잖아요. 그 기사 봤죠?"

"못 볼 수가 없죠. 맨날 떠들어대는데…… 재밌어요."

"뭐가요?"

"사람들이 그 일에 관심을 가지는 방식이요. 뭐랄까, 각자 그 사건을 가지고 노는 것처럼 느껴지거든요."

"가지고 논다고요?"

"오, 미안해요. 당신 아내가 거기서 큰 부상을 당했는데……"

"그걸, 어떻게 알았어요?"

그런 질문을 하고 나서야 그는 자신이 느낀 위화감의 정체를 깨달을 수 있었다. 최진유는 그의 아내가 수술을 받은 이력에 대해 이미 알고 있었던 거다…… 최는 아무렇지도 않다는 듯 어깨를 으쓱했다.

"우리 남편은 최근에 도시에서 일어나는 거의 모든 일에 신경을 곤두세우고 있거든요."

"대체…… 왜요?"

"중요하니까. 그이가 실험을 하는 데에 중요하게 작용하니까. 과학자는 실험실에만 머물면 된다는 건 옛말이죠. 그이처럼 야망이 있는 사람이라면 더더군다나 그렇구요."

"나는 그 친구가……"

"그이가 뭐요?"

"공부밖에 모르는 사람이라고 생각했어요."

"여전히 그래요. 그는 자신이 하는 연구를 위해서라면 뭐든 할 사람이에요. 세상을 바꾸고 싶은 야망으로 가득 차 있으니까. 그러려면 어쩔 수 없이 해야 하는 일들이 있는 거죠…… 모르겠어요?"

"세상을 바꿀 만한 연구를 하는 거랑 도시에서 일어나는 사건 사고랑 무슨 상관이 있다는 거죠?"

최진유는 가볍게 핀잔을 주듯 한숨을 쉬고 말했다.

"진실."

"뭐라고요?"

"진실은 선점하지 않으면 안 되는 물건과도 같은 거예요. 게다가 아주 연약한 물건이죠. 다루기가 아주 까다롭

다구요. 거기에 그냥 둬서도, 다른 누군가가 뺏어가게 놔 둬도 안 되는 거예요. 그러기 위해서 얼마나 많은 노력이 필요한 줄 알아요?"

"그렇지 않아요…… 그렇지 않아요. 진실은 그런 게 아니에요."

"이봐요. 사람들을 봐요. 그날 밤 일을 각자의 방식대로 해석하고 사건과 관련된 기사나 영상에 댓글을 달면서 쾌감을 느끼거나 우월감을 느끼거나 동질감을 느끼는 사람들 말이에요. 그들에게 그날 밤의 진실이 뭐라고 말해줄 건가요?"

"그날 진짜로 일어났던 일이요! 거기에 있던 노숙자 여자들, 그리고 내 아내, 그리고……"

그는 거기에서 말을 멈추었다. 온몸이 쪼그라드는 느낌이 들었다. 최진유는 두 손을 모으고 턱에 댄 채 잠자코 있다가 입을 열었다.

"그게 무슨 의미가 있는데요?"

"의미요?"

"그날 진짜로 일어난 일을 알리는 게 무슨 의미가 있는

데요?"

"그걸 몰라서 물어요?"

"알면 말해봐요."

그는 벌떡 일어났다. 어깨를 펴고 주먹을 쥐었다.

"뭘요?"

자신도 모르게 큰 목소리가 나왔지만 상관없었다. 최진유 역시 자리에서 일어났다. 그들의 눈높이는 비슷했다. 그에게 한걸음 다가간 최진유가 작은 목소리로 말했다.

"아내가 다치는 모습을 바로 눈앞에서 봤잖아요. 당신들은 내가 아는 사람 중 가장 사이가 좋은 부부거든요."

그는 최진유를 똑바로 바라보았다. 임윤성과 최진유 이 사람들, 무슨 일을 벌이고 있구나, 그런데 도대체 무슨 일을? 어깨를 쫙 펴고 싶었지만 자꾸 움츠러드는 건 어쩔 수 없었다.

"당신들은 새벽에 거기에 왜 있었던 거예요?"

"우리는 산책을 했어요."

"산책이요?"

새벽 산책, 그가 그 단어를 입 밖으로 꺼내려는 순간 전화벨이 울렸다. 통화를 끝낸 최진유가 빙그레 웃어 보였다.

"수술이 끝났대요. 이틀 후 아침에는 퇴원할 수 있을 거예요."

그는 아까 그 자세 — 억지로 어깨를 펴고 주먹을 쥔 — 로 한동안 남아 있었다. 최는 잠자코 그의 다음 행동을 기다리는 듯했다. 그가 이만 가보겠다고 말했을 때 최가 탁자 위 나무 상자에서 하얀 거즈 손수건을 꺼냈다.

"당신, 땀을 너무 많이 흘렸어요. 좀 닦는 게 좋겠어요."

그제야 그는 최가 일회용품 같은 건 절대 쓰지 않는 사람이라는 사실을 새삼 깨달았다. 말 잘 듣는 아이처럼 그걸 받아들고 머뭇거리다가 대답했다.

"고마워요."

손수건으로 양 손바닥과 이마, 얼굴을 거칠게 닦아낸 그는 진료실을 빠져나와 엘리베이터가 있는 곳까지 걸어갔다. 재킷 주머니에 두 손을 집어넣고 진료실 바깥으로 고개를 빼꼼 내민 최진유가 그의 뒷모습에 대고 소리쳤다.

"손수건은 세탁해서 쓸 수 있는 거예요! 한번만 쓰고 버리면 안 된다고요!"

병실에 누워 있던 그녀는 눈만 깜빡이고 있었다. 전날의 일을 또렷하게 떠올리기까지 시간이 조금 필요했다. 아, 그랬지, 자신이 누워 있는 곳이 최진유가 근무하는 병원이라는 사실도 기억해냈다. 병원으로 오는 동안 정신을 잃지 않으려고 두 손으로 배를 부여잡고 몸을 웅크리고 있던 자신이 떠올랐다. 임윤성의 조수석 어딘가에 분명히 자신의 피가 묻은 흔적이 남아 있을 것 같다는 생각이 들었다. 지금 이 순간 그런 일로 낭패감을 느끼는 자신 때문에 어처구니가 없었다. 그리고 (인정하기 어려웠지만) 지금 이 순간 남편이 곁에 없다는 사실에 안도감을 느꼈다. 하지만 남편에게서 걸려 온 전화를 받았을 때, 여전히 다정한 그 목소리를 들었을 때에도 안도감이 들었다.

　"당신이 쿨쿨 자고 있더라고."

　그녀는 그에게 오지 말라고 말했다. 그는 순순히 알았다고 했다. 입원한 이틀 동안 최진유는 한번도 그녀를 보러 오지 않았다. 최진유를 보지 않아도 되어서 안도감을 느꼈던가? 그런 건 아니었다. 그녀는 최진유에게 어떤 감정을 느껴야 하는지 알 수 없었다. 그녀는 남편에게 전화를 걸어 퇴원할 때 데리러 오지 않아도 된다고 했고, 전화를 끊을 때 이렇게 말했다.

"집에서 봐."

그녀는 환자복과 병원용 슬리퍼를 착용한 채 택시를 잡아탔다. 집으로 돌아오자마자 환자복을 벗어 쓰레기통에 집어넣었고 퇴원할 때 간호사가 챙겨준 (입원 당시 착용하고 있었던) 하이힐과 피 묻은 원피스도 내다버렸다. 거실 전면창에는 커튼이 쳐 있었고 소파에는 남편이 잠을 잔 흔적이, 그리고 식탁에는 식사를 한 흔적이 모조리 다 남아 있었다. 그녀는 그 흔적들을 그냥 지나쳐서 침실로 가 쓰러지듯 잠에 들었다.

잠에서 깬 그녀는 깜짝 놀라서 시간을 확인했다. 꼬박 열여덟시간을 넘게 잔 모양이었다. 거실로 나가보니 커튼이 활짝 걷어진 채였고 잠을 잔 흔적이 남아 있던 소파는 깨끗하게 정리되어 있었다. 그녀는 식탁에 덩그러니 놓인 접시 하나를 개수대에 집어넣고 바나나 두개를 순식간에 먹어치웠다. 커튼 옆에 서서 한동안 창밖을 바라보다가 바나나 하나를 더 먹은 후 인스턴트커피를 타서 서재로 들어갔다. 그녀는 노트북을 열어서 인터넷 포털사이트에 접속했다. 세상의 소식을 찾아 들어가는 것. 휴직계를 낸 이후 실로 몇달 만에 처음이었다.

거의 모든 언론사의 헤드라인은 시장의 연설 동영상과 관련된 기사들로 채워져 있었다. 놀랍게도(아니다, 놀랍지 않았다) 시장의 연설 내용에는 그날, 그러니까 임윤성과 최진유가 그녀의 집에서 밥을 먹으며 했던 이야기가 포함되어 있었다. 범죄자가 같은 죄를 반복하는 건 범죄를 저지를 때 뇌에서 만들어지는 도파민에 중독되었기 때문일 가능성이 크다고, 이전 범죄의 기억을 없앰으로써 도파민이 주는 쾌락에 의한 중독을 단절시킬 수 있다고. 그렇게 기억 교정(그녀는 이 단어 때문에 웃음이 났다)을 해서 범죄를 막겠다고. 그녀는 유튜브로 들어가서 '기억 교정술, 시장 연설'을 검색했다. 무수하게 많은 영상 중 하나를 무작위로 선택했다.

"기억 교정(그녀는 이 단어 때문에 이번에도 웃었다)이 이루어질 수 있도록 최선을 다할 것입니다. 이 새로운 교정 방법을 통해 도시에 만연한 범죄의 고리를 끊고 장기적으로는 세금 낭비를 줄이겠습니다. 하지만 이 기술의 종착역은 범죄의 종식이 아닙니다. 이러한 시도는 마약중독, 도박중독, 알코올중독, 그리고 원치 않는 기억으로 고통받는 환자들을 위한 첫걸음입니다."

그녀는 다른 영상들의 섬네일을 살펴보았다.

〔속보〕연쇄범 처벌에 대한 새로운 제안, 최초 범죄 때 느낀 쾌락을 삭제한다면?

〔단독〕인간의 기억 삭제에 도전한다…… 앞으로 PTSD 환자나 도박중독자들 치료에 도움을 줄 수 있을 것.

한참 동안 이런저런 영상을 보다가 새로고침을 하자, 이번에는 유튜브 알고리즘이 이 기술을 다루는 온갖 영상들로 그녀를 안내했다. 그녀는 조회 수가 삼백만에 육박하는 영상을 클릭했다. 두명의 진행자가 요일마다 시사, 정치, 역사, 과학 등 다양한 주제를 다루는 채널이었다. 패널로 초대된 연구자 한명이 말했다.

"인간의 특정 기억을 조절 가능하다는 실험 결과가 대중에게 알려진 건 사실 한달 남짓밖에 안 되었지만 완성

된 건 몇년 전이었거든요. 실험진은 이미 몇년 전부터『네이처』와『사이언스』에 관련 논문을 발표했고, 이 기술이 인간에게 적용 가능하다는 것이 밝혀지면 노벨상을 받는 것도 가능하리라는 관측도 나옵니다. 문제는 이 기술을 '진짜' 인간에게 어떻게 적용하느냐는 것인데…… 당연히 여기에는 여러가지 의학적 위험과 윤리적 문제와 철학적 질문이 뒤따를 겁니다."

안경을 쓴 남자 진행자가 이해가 안 간다는 표정으로 물었다.

"의학적 위험과 윤리적 문제를 해결하지 못한다면 이 기술은 무용지물이 아닙니까?"

"그러니까 계속 공청회를 열고 각종 토론을 하려는 겁니다."

다른 패널이 말했다.

"시에서는 이미 몇년 전부터 이 기술을 소유한 회사와 사용 방안에 대해 논의해왔다는 것을 밝혔죠. 사람들이 관심을 기울이지 않을 때부터 말입니다. 그러니까 제 말은 이 시도가 갑자기 하늘에서 떨어지듯 이루어진 게 아니라는 말입니다. 정말 오랫동안 준비를 해온 겁니다."

안경을 쓰지 않은 진행자가 물었다.

"그 기술의 적용 대상이 정해져 있습니까?"

"일단 범죄자에게 적용하게 될 텐데…… 이게 모든 연쇄범죄자에게 적용될 수는 없고, 여러가지 심리 테스트와 정교한 검사를 통해 충동조절의 영역과 관련이 있다고 판명되어야만 가능한 겁니다. 그런데 이번에 화장실 파괴범이 적용 가능한 범죄자로 분류되었다는 겁니다."

"그럼 그 범죄자는 어떻게 됩니까?"

"일단 병원으로 옮겨져서 일정 시간 입원 후 오랫동안 추적 관찰을 할 예정입니다. 감옥에서는 안 살겠죠. 최대한 시간을 가지고 지켜볼 겁니다. 안정성을 보장하기 위해서."

"그건 범죄자를 약간 환자로 보는 관점입니까?"

진행자의 질문에 패널이 웃었다.

"굉장히 날카로우시군요. 네, 그렇게 볼 수 있습니다. 일종의 범죄중독으로 보는 거죠."

"경제적 실효성이나 뭐 그런 게 있겠습니까?"

"그걸 앞으로 보자는 거죠."

그녀는 영상을 정지했다. 임윤성이 했던 말을 떠올렸다. 운명이, 우주가, 역사가 자신들을 돕고 있는 거라고 했던가……? 그녀는 댓글 창을 열어보았다.

가장 추천 수가 많은 댓글(동시에 가장 비추천 수가 많은 댓글) ─ 무모해 보이지만 합리적인 선택인 것 같은데. 환자들에게 이 기술을 먼저 썼다가 잘못될 가능성도 있으니까 범죄자에게 실험적으로 해보는 거지. 범죄자는 감옥에 안 가니까 좋고, 범죄욕구로부터도 벗어날 수 있으니까 일석이조.

다음 댓글 ─ 만약 기술이 성공한다면 범죄자에게 너무 이득 아닌가? 그냥 앉아서 수술만 받으면 다른 처벌은 아무것도 받지 않아도 되는데? 진짜 세상 살기 편하네.

여기에 달린 대댓글 ─ 사람의 기억을 없애는 게 윤리적으로 가능한 일이라고 생각함? 이득 같은 소리 하고 자빠졌네. 네 기억 없애면 좋겠냐? 그리고 이 기술이 성공한다는 보장이 어디 있냐? 막말로 죽거나 병신 될 수도 있는데.

여기에 달린 다른 대댓글 — 저런 놈은 죽어도 쌈. 찌질한 새끼.

그리고 대대댓글대대대대댓글 끝없이 이어지는 말, 말들.

그녀는 식어버린 인스턴트커피를 한모금 마시고 혀로 입술을 핥았다. 다시 포털사이트에서 다른 메인 기사들을 살펴보았다. 수감자 한명당 드는 연간 비용에 대한 기획기사와 엑스 구역과 구도심 근처에서 발생하는 범죄에 대한 성토, 더이상 한국은 마약 청정국가가 아니라는 기사, 알코올중독으로 고통받는 사람들에 대한 기획기사…… 그녀는 그제야 알 것 같았다. 그랬구나…… 이런 식으로 계속 기사를 낸 거구나. 이런 인터넷 기사뿐만이 아니었을 것이다. 각종 SNS나 유튜브 그리고 공중파 뉴스에 소스들을 계속해서 제공했을 거였다. 위험에 빠진 도시를 구하겠다는 시장의 포부, 보복 범죄에 시달리는 시민들과 경찰, 기억 조절에 관한 뇌실험에 관한 기사, 수감자에 대한 경제적 비용, 각종 중독과 트라우마로 고통받는 사람들…… 논쟁거리, 그것들 중 뭐든 일단 사람들의 관심을 얻게 되면 누가 시키지 않아도 저절로 확대 재생산되는 것이었다. 그리고 그건 또다시 레거시 언론이든 뉴미디어든 돈을 벌 수 있는 수단이 된다……

그 어떤 사항이든, 그렇게 될 것이었다.

그날 밤 거기에서 일어난 '진짜' 일에 관심을 기울이는 사람은 없다. 그저 화장실을 부순 남자를 바라보는 입장만이 존재할 뿐이었다. 여자들을 협박하는 혐오범죄자이자 동시에 불우한 어린 시절 탓에 분노로 가득 차 있는 불쌍한 청년, 그리고 아무리 일을 해도 제대로 된 집 한칸 마련하지 못하는 무력한 도시 빈민. 여자 화장실을 부수는 그의 범죄는 악랄하지도 않았지만, 그렇다고 기물을 파손했다는 정도로 가볍게 넘어가기도 어려운 것이었다. 이런 식으로 사태를 둘러싼 사항들은 점점 더 모호해졌고 그럴수록 사람들은 자신들이 정확한 목적지를 알고 있다는 (잘못된) 확신을 가지게 될 터였다.

그녀는 처음 기사로 돌아가서 댓글 창을 열었다. 그리고 하나의 댓글에서 멈추었다.

'피해자의 의견은 어떤지 궁금…… 그 새끼가 잡혀갈

때 꼭 복수할 거라고, 얼굴 기억한다고 난리쳤다며. 그 다친 여자야말로 그 새끼 기억을 없애고 싶지 않을까? 거기서 죽을 뻔했는데 그런 협박까지 들었다면 너무 무서운 일 아님?'

거기에 달린 대댓글들.

'드릴에 찔린 게 트라우마가 되었을지도.'

'그럼 더더군다나 그 새끼 기억을 없애야지.'

'○○ 저런 새끼들이 보복범죄 하면 어케 함?'

'저 새끼가 나중에 감옥에서 나온다 한들 피해자의 인적 사항을 어케 암? 그냥 화나서 내지른 거지.'

'그건 모르지. 이제껏 일어난 보복범죄는 머임?'

그녀는 (어느 여성단체 사무국장의 말을 빌려) '피부가 너덜너덜하게 찢어져서 피를 쏟아내고 있던' 자신의 모습을 떠올렸다. 그리고 비와 우박이 내리치던 날 차 안에서 임윤성이 했던 말도 떠올렸다. 당신이 실제로 무엇을 느끼는지는 중요하지 않아요. 자신에게 다가오던 임의 반짝이던 눈동자, 그의 머리카락에서 떨어지던 빗방울, 이해할 수 없다는 듯 자신을 바라보던 표정, 임윤성의 차 시트에 남아 있을 경솔한(이 단어 말고는 다른 적합한 단어를 떠올릴 수 없었다) 피의 흔적들. 그녀는 입술을 깨물며 고개를 흔들었다. 임윤성에게 문자메시지를 보냈다.

"나는 절대로 공청회에 참석하지 않을 거예요. 당신들 뜻대로 하지 않을 거예요. 절대 절대 안 합니다."

그는 그녀가 잠들어 있는 침실 문을 살짝 열었다가 닫았다. 그러고는 불도 켜지 않고 옷도 갈아입지 않은 채 소파에 털썩 앉았다. 그는 두 손으로 오랫동안 이마를 문질렀다. 무언가 잘못되어가고 있었다. 그녀가 유산을 했다는 이야기를 들었을 때, 바란 적도 없는 아이가 그녀의 몸 안에서 죽었다는 소식을 들었을 때, 그는 무슨 생각을 했던가?

"당신들은 새벽에 거기에 왜 있었던 거예요?"

최진유는 그렇게 물었다. 휴직을 해야 한다고 말하며 분통을 터뜨리고 좌절하던 아내를 떠올리다가 그는 고개를 흔들었다. 새벽녘, 거실에 원을 그리며 혼자 걷던 아내를 떠올리다가 고개를 흔들었다. 그는 구도심을 헤매며 자신을 (전에 없이) 갈구하던 그녀를 떠올리다가 고개를 흔들었다. 그때 자신을 바라보던 그녀의 눈동자. 그녀는 그때 무슨 생각을 하고 있었을까? 그는 아내를 사랑했다. 그 누구보다도 사랑했다. 그러므로 그녀가 겪은 일들, 그 좌절감에 깊이 공감했다. 하지만 솔직하게 말하자면 동시에 그는 안도감을 느꼈다. 그녀가 자신에게 도움의 손길을 요청했기 때문에, 그녀를 도울 수 있으리라는 자신감이 있었기 때문에. 집에서 자신을 기다리며 시간을 보내고 있을 그녀를 생각하면 마음이 아프면서도 한편으로는 설명할 수 없는 행복감을 느꼈다. 행복감? 그는 고개를 흔들었다. 아니야, 그런 건 아니었어. 절대로 그런 건 아니었어…… 그는 그녀에게 닥친 위기를 함께 잘 극복하면 전보다 더 완벽한 부부가 될 수 있으리라고 믿었다. 그뿐이었다. 그런데 대체 어디서부터 뭐가 잘못된 거지?

그는 혹시라도 그날 밤 거기에 있던, '칼에 찔린' 여자의 남편에 대한 언급이 있을까봐 기사를 찾아보곤 했다. 그리고 최근에 이런 댓글을 읽었던 것이다. '거기에 남편이 있었다던데? 존나 남자 망신은 다 시키네.' 사실 그 정도는 양반이었다. 원색적인 욕설과 비난도 있었다. 그는 자신이 최진유에게 그날 밤에 실제로 있었던 일,이라는 표현을 사용한 걸 떠올렸다. 그랬다. 그가 아내를 구하지 못한 건 실제로 있었던 일이었다.

진실은 선점해야 할 물건 같은 거죠.

최진유는 그렇게 말했다. 그 사람들, 댓글을 다는 사람들은 (형태가 없는 것이라도 할지라도) 얻는 것이 있기 때문에 그런 식으로 댓글을 쓰는 것일 터였다. 자신을 옹호하는 의견이든 비난하는 의견이든 다 같은 뿌리를 타고 올라온 것이리라고 그는 생각했다. 그녀의 신상이 공개되지 않았기 때문에 (임과 최를 제외하고서는) 가까운 사람들조차도 그 기사 속 남편이 자신이라는 사실을 알 수는 없었다. 그렇다고 하더라도 그런 댓글을 읽을 때마다 그는 자신의 내부에서 무언가가 하나씩 무너지는 듯한 기분을 느꼈다. 그날 밤, 열기 속에서 느껴지던 아내의 숨결, 목소리, 촉감…… 땀에 푹 젖은 원피스를 입고 있던 아내가 자신의 눈앞에서 둔기를 든 남자에게 뛰어가던 모습. 한동안 그는 그 장면에서 헤어나올 수가 없었다. 그 장면

속 자신을 바라보는 제3의 시선이 있었다. 그 시선 속에서 자신의 커다란 몸은 아무런 쓸모가 없었다. 해머드릴을 든 남자와 눈이 마주친 건 일초도 안 되는 찰나였지만 그 순간 마치 모든 것이 정지한 것 같았다. 그 남자가 정말로 자신을 바라본 것이었을까? 알 수 없었다. 그는 자신이 겁에 질린 거라고는 생각하지 않았다. 도저히 그렇게 생각할 수가 없었다. 그저 태어나서 처음으로 겪어보는 일에 반사적으로 반응했을 뿐이라고, 누구라도 그랬으리라고, 악플을 다는 새끼들도 마찬가지였을 거라고 장담했다. 아내가 쓰러져서 피를 쏟을 때, 거기에 있던 냄새 나는 여자들이 아내에게 달려갔을 때, 그리고 경찰이 도착할 때까지도 그는 피투성이가 된 아내에게 다가갈 엄두도 내지 못했다. 토하지 않은 게 그날 밤 거기에서 자신이 한 일 중(아닌가, 하지 않은 일,이라고 표현해야 할까) 가장 잘한 일로 꼽을 수 있을 정도였다. 아내가 구급차에 실려 간 후 경광등이 번쩍이는 경찰차 사이에 멍하니 서 있을 때, 냄새 나는 여자들 중 한명이 그에게 다가와서 물었다.

"피투성이가 된 여자가 당신 아내예요?"

그는 그 말에 대답하지 않았다. 그 여자는 의미를 파악할 수 없는 미소를 지으며 그에게서 멀어졌다. 아내가 깨어난 후 그는 묻고 싶었다. 소금 인형처럼 굳어버린 자신의 모습을 봤는지, 그걸 기억하고 있는지. 하지만 도저히 그런 걸 물어볼 수는 없었다. 괜히 긁어 부스럼을 만드는 것일 수도 있었으므로, 그런 위험을 감수하고 싶지 않았다. 그저 그날 밤의 일을 아내와 자신의 기억 속에서 없애버리고 싶었다. 그가 바라는 건 그것 하나뿐이었다.

그는 낮에 갑자기 전화를 걸어 온 임윤성이 한 말을 떠올렸다.

"네 아내 좀 설득해줘."

아내의 상태가 어떤지, 잘 지내고 있는지에 관해서는 일언반구도 없이 대뜸 던진 말 때문에 그는 불쾌한 기분이 들었다. 임윤성은 그저 앞으로 일어날 일을 (그마저도) 간략하게 설명해줬을 뿐이다. 그녀가 공청회에 참석하고 임상 실험이 무사히 끝나면 그와 그녀에게 합당한 대가가 돌아갈 거라고도 했다. 그는 고개를 흔들었다. 누군가의 기억을 없앤다…… 하, 누군가의 기억을 없앤다고? 하지만 그가 임윤성에게 물어본 건 그런 것에 대한 게 아니었다.

"넌 그 사람 상태가 어떤지 궁금하지도 않아?"

임윤성은 조금도 망설이지 않고 대답했다.

"네 아내가 수술을 받은 병원이 내 아내가 근무하는 병원이라는 사실을 잊은 거야?"

이상했다. 이제 와서 그 말을 떠올리니 그는 훨씬 더 불쾌한 기분이 들었다. 참을 수 없을 정도로. 그는 벌떡 일어나서 침실로 들어갔다. 한동안 침대 옆에 서서 잠든 그녀의 얼굴을, 그리고 얼굴에 난 상처를 바라보았다.

도시에 사는 사람들은 범죄자의 기억을 없애는 것에 대한 자신만의 의견이 있는 것 같았다. 그 의견을 뭉뚱그려서 분류할 수 있긴 했다. 이를테면 찬성과 반대로. 하지만 그런 식으로 한데 묶인 의견들 속에서도 영원히 통합될 수 없을 것 같은 지점들이 존재할 터였다. 찬성하는 사람들 중 일부는 기억 조절 기술이 앞으로 외상후스트레스장애 증후군 환자나 도박중독자들을 치료할 수 있으리라는 부분에 초점을 두었지만, 다른 일부는 (그것의 필요성은 차치하고) 위험한 기술을 범죄자에게 먼저 적용해보는 것이 바람직하리라고 여겼다. 반대하는 이들 중에서는 윤리적인 이유를 드는 사람들이 있었고 다른 한편에는 범죄자가 너무 '편하게' 자기의 죄를 탕감받을까봐 우려하는 사람들도 있었다. 그러므로 그들은 같은 '편'이라고 할지라도 서로를 불신하고 무시하고 증오할 수 있을 것이었다. 동시에, 공감대를 가지고 있다 할지라도 다른 '편'에 섰다는 이유로 서로를 절대 존중하지 않을 것이었다. 이것이 바로 며칠 동안 각종 인터넷 사이트와 토론 영상, 댓글, 여론 조사 결과, SNS에 올라오는 글들을 보면서 그녀가 내린 결론이었다.

그동안 임윤성은 하루에도 몇번씩 그녀에게 전화를 걸고 문자메시지를 보냈다. 임에게서 연락이 오는 횟수가 많아지면 많아질수록 그녀는 이 사안에 대한 사람들의 반응에 몰두했다. 각종 게시판, SNS에 올라오는 의견과 댓글을 샅샅이 읽어냈다. 시간이 지날수록 찬성 의견이 점점 더 우세해지리라는 것을, 그녀는 알아차렸다. 인권을 운운하는 주장은 언제나 그랬듯이 별 이유도 없이 지지받지 못하거나, 혹은 너무 나이브하다는 비난을 들었다. 범죄자가 너무 편하게 면죄받을까봐 걱정하는 부류들은 냉혈한 취급을 받았다. 이치에 맞지 않은 반응이었지만 한번 방향이 결정되자 여론이 한쪽으로만 흘렀다. 거기서 빠져나온 다른 물줄기는 금방 힘을 잃고 사그라들었다. 그녀는 그날 밤 겁에 질린 채 덜덜 떨던 그 남자의 모습을 기억했다. 범죄를 저지르는 것에는 죄의식이 없지만 범죄가 탄로 나 받게 될 처벌은 극도로 두려워하는, 전형적인 범죄자의 모습이긴 했다.

4

부

10

범죄자의 기억 교정 찬반 의견을 묻는 공청회가 열린다는 소식이 알려지자 찬성 쪽 의견은 더 우세해졌다. 무슨 이유든 간에 그토록 많은 사람들이 누군가의 기억을 삭제하는 데에 찬성한다는 사실을 그녀는 믿을 수가 없었다.

"그렇게 많은 사람들이 남의 기억을 없애는 데에 찬성한다는 걸 믿을 수가 있어?"

어느 날, 더이상 참을 수 없다는 듯 남편에게 말했을 때 그녀는 놀랐다. 그가 너무 태연해 보여서. 그녀는 채근하듯 말을 이었다.

"난 당신이 기억 교정에 반대하는 줄 알았어."

그녀는 자신이 '기억 교정'이라는 단어를 사용했다는 사실 때문에 깜짝 놀랐다.

"내가 반대하든 찬성하든 별로 상관없는 거 같은데."

"당신도 시민이잖아."

그는 고개를 흔들었다. 그녀는 앵무새처럼 방금 전에 한 말을 반복했다. 어쩐지 아까보다는 좀더 애절한 투로.

"당신이 반대한다고 말할 줄 알았어."

남편은 아무것도 모르겠다는 듯한 무구한 표정으로 대답했다.

"어떤 사람들에게는 좋은 기회가 될 수도 있으니까."

그녀는 임윤성과 최진유가 집에 왔던 날, 남편이 했던 말을 기억하고 있었다. "그게 누구라도, 그게 심지어 악질 범죄자라도, 다른 누군가를 위험에 빠뜨릴 권리는 없어."

그때 그녀는 그렇게 말하는 남자가 자신의 남편이어서 다행이라고 생각했다.

"정말 그렇게 생각해?"

"얼마 전에 윤성이가 나한테 연락을 했어. 당신을 공청회에 나가게 해달라고."

그녀는 어처구니가 없었다. 남편이 설득하면 내가 입장을 바꿀 거라고 생각한 거야? 하, 그녀는 고개를 절레절레 흔들었다.

"내가 공청회에 가서 거짓 증언을 한다고 하면 당신이 먼저 반대하고 나설 거라고 생각했어."

그녀는 당신은 그런 남자라고 생각했어,라는 말을 삼켰다.

"대를 위해서 소를 희생해야 할 때도 있는 거야."

"세상에, 여보. 대를 위해 소를 희생하는 게 아니야."

"그럼?"

"그건 나를 희생하는 거야."

그는 한동안 그녀를 바라보다가 입을 열었다.

"공청회에 나가서 거짓 증언을 하지 않아도 될 거야. 이미 저렇게 많은 사람들이 찬성하니까. 거기에 가서 당신이 하고 싶은 말을 해. 그러면 당신에게도 좋은 거 아니야?"

그의 말이 맞았다. 그건 그녀에게 좋은 일이었다.

임의 연락은 점점 뜸해지다가 완전히 끊어졌다.

다른 날과 마찬가지로 기억 교정에 대한 유튜브 방송과 인터넷 게시판, 그리고 SNS를 살피던 그녀의 마음속에 무언가 불쑥 의구심이 솟아올랐다. 그녀는 그동안 임윤성이 자신에게 보낸 문자들을 읽어 내려갔다. 임윤성이 문자로 이모티콘을 보낸 건 단둘이 만날 약속을 정했던 날, 그날 딱 한번뿐이었다. 거기에 무슨 의미가 있는 걸까? 무슨 의미가 있어? 그런 생각을 하자 설명할 수 없는 불안감이 엄습했다. 그녀는 두 손에 얼굴을 파묻었다. 불과 일년 전의 자신이 잘 기억나지 않았다. 너무 오래전의 일인 것처럼. 유능한 경찰이자, 사랑하는 남편과 더할 나위 없이 행복한 삶을 살던 아내. 그녀는 그 삶을 되찾고 싶었다. 하지만 그 삶이 실제로 존재하긴 했던 걸까? 그게 실제로 존재했다 한들 그걸 되찾으려면 어떻게 해야 하지? 알 수 없었다. 도무지 알 수 없었다. 그녀는 옷을 챙겨입고 무작정 바깥으로 나가서 거리를 걷기 시작했다.

그건 (당연한 말이지만) 새벽 산책이 아니었다.

한낮의 빛 아래 숨김없이 드러난 가로수들, 작은 공원

의 벤치에 앉아 있는 사람들, 예술적 조형물들과 어디론가 바쁘게 걸어가는 사람들. 좀더 걷자 하늘을 찌를 듯이 높은 건물들의 스카이라인이 보였다. 그녀는 고립되고 낡고 무너져내리는 곳이 아니라, 탄탄하게 연결되어 있고 안전하고 쾌적한 곳에 속해 있었다. 그게 그녀가 살고 있는 곳이었다. 그녀가 경찰이던 시절 마주친 범죄자들. 그들 중 어떤 이들은 그녀와는 다른 곳에 속해 있었다. 하지만 그게 무슨 대수란 말인가? 그녀는 생각했다. 남편의 말이 맞았어. 커다란 개, 평화로운 곰. 더이상 새벽 산책을 나가지 않게 되어서 다행이야,라던 그의 말.

　그날 이후로 그녀는 한동안 매일 신시가지의 길을 따라 걸었다. 출근하는 남편을 배웅한 후 운동복을 챙겨 입고 밖으로 나왔다. 음악을 듣지도, 세이프 시티 앱을 켜지도, 유튜브나 기사를 살펴보거나 쓸데없는 상상에 빠져들지도 않았다. 알맞은 자리로 돌아가기 위한 준비운동 중이야. 새벽 산책이 아니라, 준비운동. 괜찮을 거야. 잔잔한 호수처럼, 아무런 문제도 발생하지 않을 것이었다.

공청회는 불과 보름 앞으로 다가와 있었다. 공청회 결과가 거의 정해진 거나 다름없어지자, 오히려 그날 밤 일에 대한 사람들의 관심, 기억 교정에 대한 열띤 토론은 점차 사그라들었다. 그녀가 공청회에 가서 거짓 증언을 할 필요가 없어졌을 정도로. 정말 그랬다. 마치 약속이라도 한 것처럼 포털사이트나 뉴스, SNS에서 이 사건을 언급하는 빈도가 줄어들었다. 이제 사람들의 관심은 자연스럽게 도시에서 일어나는 다른 범죄들, 정치인의 비리 사건, 연예인의 결혼, 유명인의 일탈 행위 따위로 옮겨가기 시작했다.

경선을 가볍게 통과한 시장은 여론조사에서 다른 당 후보를 굉장한 격차로 앞서가는 중이었다. '화남'은 이런저런 절차를 밟은 후에 기억 교정을 받게 될 것이고 사람들은 한동안 그 일을 다시 화젯거리로 삼겠지만 그전처럼 격렬하지는 않을 거라고 그녀는 생각했다. 한번 저항선이 무너지면 고착화되는 것은 손쉬운 일이었다. 시장과 임윤성의 회사는 그야말로 윈윈하는 셈이었다.

이제는 복직 신청을 할 때라고 그녀는 생각했다. 근거를 딱 집어 말할 수는 없었지만 어쩐지 지금 돌아가지 않으면 안 된다고. 반장이 어떤 반응을 보일지는 뻔했다. 절대로 그녀가 그냥 돌아오도록 놔두지는 않을 것이었다. '그 사건'을 약점 삼아서 그녀를 옭아매려고 할지도 몰랐다. 그래도,라는 생각이 들었다. 언제까지고 준비운동만 하고 있을 순 없어. 물에 뛰어들어야 하잖아.

그리고 어느 날 그녀는 마침내 경찰서로 차를 몰았다. 비합리적이고 충동적인 행위였지만 동시에 이보다 적절한 때를 찾을 수 없을 거라는 (근거 없는) 생각을 하며. 그 와중에도 그녀는 화재가 난 채로 방치된, 새벽 산책을 위해 제일 먼저 찾아갔던 (간판이 반쯤 망가진 건물이 있는) 구도심이 아니라, 1구역과 2구역만 통과할 수 있는 길로 운전을 했다. 그녀는 그게 회피는 아니라고 생각했다. 그럼 이게 뭐지? 그냥 나 자신을 보호하려는 것뿐이야. 하지만 무엇으로부터? 그녀는 생각을 멈추었다.

경찰서에 주차를 한 후 건물 앞에 섰을 때는 일종의 위압감 때문에 몸이 뻣뻣해졌지만, 일단 건물 안으로 들어가자 오히려 몸과 마음이 편해졌다. 그녀는 계단을 두개씩 뛰어 수사국이 있는 삼층으로 올라갔다. 삼층에 도착하자 경찰이었던 그 시절로 단숨에 돌아간 기분이 들었다. 익숙한 냄새와 소리, 풍경들. 신체 내부 깊숙이 잠복해 있다가 갑자기 무언가가 폭발하듯 흘러넘치는 것 같은 그런 기분. 이렇게 간단한 일이었던 걸까? 왜 그동안 이곳으로 돌아오는 걸 그토록 두려워했던 것일까? 아무것도 변한 게 없고 모든 것이 자연스러웠다. 그녀는 수사국을 둘러보다가 자신의 자리로 시선을 주었다. 누군가가 앉아 있었다. 처음 보는 얼굴, 신참으로 보이는 여자가 그녀의 자리에서 무언가를 읽고 있었다.

"선배?"

고개를 돌리자 후배가 서 있었다. 그녀를 가장 잘 따르던 후배이자 아역배우 납치 사건 수사 당시의 파트너, 그러니까 모든 것을 함께한 동료이기도 했다. 후배는 놀란 듯 보였고 그들 사이에 어색한 기운이 돌았다. 그녀는 자신의 자리로 다시 시선을 주었다. 후배가 입을 열었다.

"발령받은 지 얼마 안 된 신참인데 기운이 장난 아니에요. 이 세상 모든 범죄를 다 자기가 해결할 거라고 생각하는가봐요. 그리고 벌써부터 반장님이랑 한판 했거든요. 반장님이 사건을 지시하는 방식이……"

"왜 내 자리에 앉아 있는 거야?"

후배는 겸연쩍다는 듯 대답했다.

"제가 말이 너무 많았죠…… 자리가 없어서요."

"엉망진창이네, 저기는 상석이라고. 네가 내 자리에 앉고 저 애를 네 자리에 앉혀야지."

농담을 하고 싶었을 뿐인데 내뱉고 보니까 마치 화를 낸 것 같은 꼴이 되어버려서 그녀는 민망한 기분이 들었다.

"반장님은?"

"나가셨어요."

그녀는 난감해졌다. 반장이 자리에 없을 가능성을 고려해야 했는데…… 너무 들떠서(그랬다. 그제야 그녀는 자신이 들떠 있는 상태라는 걸 깨달았다) 미리 통화를 하거나 약속을 정해야 한다는 생각은 하지도 못했다. 후배가 망설이다가 그녀에게 질문했다.

"돌아……오시는 거예요?"

자신도 모르게 픽, 하고 웃음이 나왔다.

"그래야 할 것 같아. 내가 돌아오는 거 달갑지 않아?"

후배가 고개를 흔들었다.

"그냥 좀 놀랐을 뿐이에요."

내가 껄끄럽구나, 그녀는 생각했다. 후배가 잠자코 있다가 입을 열었다.

"반장님하고 연락하고 지내실 거라고는 생각 못했거든요."

그녀는 무슨 소리냐는 듯 미간을 찌푸렸다.

"나 반장님하고 연락한 적 없어."

"반장님이 그러시던데요? 선배가 곧 돌아올 거라고."

"반장님이 너한테 그런 소릴 했어?"

"그런 건 아니고…… 반장님이랑 서장님이 이야기하는 걸 들었어요. 선배는 분명히 돌아오는 쪽을 선택할 거라고요."

"언제 그런 말을 했어?"

"두어달 전쯤요. 그런데 선배가 돌아오지 않아서 그냥 아무 의미 없이 던진 말인가 했는데, 이렇게 진짜 오신 거 보니까……"

그녀는 이해할 수가 없었다. 아니, 아니다. 이해할 수 있었다. 그들은 알고 있었을 것이다. 당연했다. 그녀의 휴직, 그날 밤 다친 사람이 그녀라는 정보 같은 것들을 임윤성에게 전달한 게 바로 경찰 측이었을 것이므로. 시장과 경찰, 뉴랜즈 브레인, 그리고 일부 언론까지 모두 어떤 식으로든 연결점이 있을 것이므로. 반장과 서장은 그녀가 공청회에 참여하면 그 대가로 복직을 내밀 계획이었을 것이다. 그리고 그들은 그녀가 그 제안을 받아들일 게 분명하다고 예상했으리라. 하지만 이제 그녀가 공청회에 나올 필요가 없어졌으므로, 그런 제안 자체가 없던 일이 되어버린 것이다.

그들이 예상치 못한 건 그녀가 스스로 복직을 결심하리라는 사실이었다. 어떤 행위의 대가로서가 아니라.

그녀는 문득 자신이 동료와 후배들에게 잘난 척하며 떠들었던 말을 떠올렸다. 우리가 찾아야 하는 건 호수에 던져진 돌이 아니라, 지금 이 순간 일어나고 있는 물결의 패턴이라던 그 말. 물결의 패턴이 보이지 않는다면 그녀 자신이 돌을 던질 수도 있을 터였다. 무엇을 위해? 아니, 그무엇도 위하지 않기 위해. 심지어 자기 자신도. 그녀는 후배를 끌고 밖으로 나가 작은 목소리로 말했다.

"부탁이 있어."

"무슨 일인데요?"

"절대로 발설하지 않는다고 약속할 수 있어?"

"선배……"

그녀는 부드럽게, 하지만 애걸복걸하거나 비난하는 느낌은 절대 들지 않도록 애쓰며 말했다.

"내가 너에게 무슨 부탁 한 적이 있었어? 쫓겨나듯이 휴직을 해야 했을 때에도 나는 너에 대해서는 한마디도 하지 않았어."

일순간 후배의 표정이 굳어졌다.

"내가 쫓겨난 이후로 너는 나한테 연락 한번 안 했어. 그렇지? 하지만 난 너를 조금도 원망하지 않아. 그냥 내 부탁 하나만 들어줘."

후배는 당황한 표정으로 주위를 두리번거리다가 아주 작은 목소리로 빠르게 물었다.

"저를 협박하시는 거예요?"

그녀는 별수 없다는 듯 고개를 끄덕였다. 후배는 방금

전보다 더 목소리를 낮추었다.

"무슨 부탁인데요?"

"여름에, 구도심에서 화장실 부수고 사람 다치게 한 그 남자 알지? 아직 구치소에 있는 그 남자 말이야."

그녀는 후배가 어떤 반응을 보일지 궁금했다.

"'기억 교정'한다는 그 자식 말하는 거죠?"

아, 그렇구나, 이 친구는 내가 그 사건에 연루되어 있다는 사실은 아예 모르고 있구나. 확신할 수 있었다. 그토록 오래 일을 함께했으니까. 후배의 눈만 봐도 무슨 생각을 하는지 알 수 있었다. 그런 생각도 들었다. 그녀가 모르는 사이에도 어떤 일들은 이런 식으로 처리되었으리라는…… 누군가의 이득을 위해서…… 그녀 또한 그저 꼭두각시처럼 움직였던 적도 있었을 것이다…… 그녀는 씁쓸한 마음이 들었다. 그리고 동시에, 자신의 앞에 서 있는 후배가 기억 교정에 찬성하는지 반대하는지 질문하고 싶은 마음이 굴뚝같았다. 하지만 그녀는 그런 걸 묻는 대신 이렇게 말했을 뿐이었다.

"그 친구 진술서 좀 확보해줘. 그리고 내가 좀 만나야겠어. 아무도 모르게."

11

"오늘 무슨 일 있어?"

아침에 집을 나서던 그가 빙그레 웃더니 그녀에게 질문
했다.

"왜?"

"당신, 오늘 뭔가 들떠 보여. 아닌가, 초조해 보이는 건
가?"

그녀는 그를 따라서 입술의 끝을 올려 미소를 지어 보
였다. 커다란 곰 같지만 동시에 예민하고 섬세한 남자. 그
가 나간 후 그녀는 여느 날처럼 좋은 음식으로 배를 채우
고 신시가지를 걸어다닌 후에 집으로 돌아와서 샤워를 했
다. 그녀가 욕실에서 나왔을 때 전화벨이 울렸다. 휴대전
화가 있는 식탁을 지나쳐서 방으로 들어간 그녀는 가방을
뒤졌다. 거기에는 얼마 전에 개통한 대포폰이 들어 있었

다. 휴대전화를 귀에 댄 그녀는 그 너머 목소리가 먼저 말하기를 기다렸다.

"보내주신 영상이 오늘 메인뉴스로 나갈 겁니다."

"제가 부탁한 건요?"

목소리가 약간 머뭇거렸다.

"세시."

"공원이 한산할 때군요."

"이 정도도 아주 감지덕지인 줄 아세요."

목소리가 말했다. 그러고는 이해할 수 없다는 듯이 덧붙였다.

"그런데 이런 걸 꼭 해야 합니까? 들이는 돈이나 수고로움에 비하면 아무런 효용도 없는걸요."

그녀도 알고 있었다. 이건 그녀의 '스타일'이 아니었다. 최진유였다면 이런 식으로 일을 처리하는 걸 좋아했을지도. 물론 근거는 없었다. 그녀는 최진유가 말을 하거나 고개를 돌릴 때마다 귀에서 달랑거리던 귀걸이를 떠올렸다. 최진유의 웃음소리, 자랑스럽다는 듯이 임윤성의 몸을 쓰다듬던 손, 그들 사이를 오고 가던 눈빛.

세시 십분 전, 그녀는 얼마 전 개장한 미디어파크 안 노천카페에 앉아 있었다. 홀가먼트 니트와 면바지, 트렌치코트와 선글라스를 착용한 그녀는 가을의 끄트머리를 즐기러 나온 사람처럼 보였다. 홀로그램 광장에는 익살스러운 게임 캐릭터와 귀여운 만화 캐릭터들이 홀로그램으로 송출되는 중이었다. 평일 낮, 유아차를 끌고 나온 보호자들이 그 주위를 거닐었다. 젊은 커플들도 보였고, 직장에서 잠깐 나왔는지 정장을 입은 여자와 남자들이 삼삼오오 어울려 있는 것도 보였다. 저들 중 누군가는 기억 교정에 찬성하고 누군가는 반대할 테지. 어쩔 수 없이 그녀는 약간 초조해졌다. 자신이 무엇을 기다리는지 무엇을 기대하는지, 아니 무엇을 기다려야 하는지 무엇을 기대해야 하는지도 알지 못하면서.

그녀는 시선을 광장 한가운데에 있는 거대한 브라운관 탑으로 옮겼다. 구식 브라운관 백여개를 쌓아서 대형 모니터를 만든 것이었다. '과거와 현재, 그리고 미래를 잇는다'는 뻔한 명목으로 한 방송사에서 기증한 것이었고, 그 방송사의 주관으로 주말 저녁 여덟시부터 열시까지는 옛날 영화나 음악회 영상을 방영했다. 많은 사람들이 그걸 보려고 모여들었다. 주말 밤마다 공원 곳곳으로 듣기 좋은 음악 소리나 배우들의 목소리가 번져나갔다. 그녀는 바로 그 시간대를 원했지만 (당연히) 완전히 불가능했다. 임윤성이었다면 가능했을지도. 하지만 임윤성과 그녀는 다른 걸 원했다.

한 손에 풍선을 들고 아장아장 걷던 아이가 넘어져서 울음을 터뜨리자 아이 아빠가 달려가서 일으켜주었다. 아이가 놓친 풍선이 하늘 위로 올라갔다. 하늘 위로 올라가는 풍선 뒤로 갑자기 브라운관 탑이 번쩍, 하고 켜졌다. 그녀는 자리에서 벌떡 일어났다. 선글라스를 벗었다. 아무렇지도 않은 척하고 싶었지만 그렇게 되지가 않았다.

아래에서 위를 향해 몰래 찍은 구도 속 남자의 가슴팍, 목, 그리고 턱 부분과 얼굴이 영상으로 드러났다.

"네가 화장실을 난장판으로 만들었어. 그렇지?"

"네, 내가 했어요."

그 소리에 몇몇 사람들이 브라운관 쪽으로 관심을 두었다. 아이를 데리고 나온 사람들은 제외하고. 그들은 브라운관 탑에서 멀리 떨어져갔다.

그녀는 '화남'을 만나러 갈 때 커다란 뿔테 안경을 썼다. 후드집업과 청바지를 입고 머리는 질끈 묶었다. 그날 밤과는 완전히 다르게 보이기를 바라면서. 만약 그가 자신을 알아본다면? 대책 같은 건 없었다. 전혀 없었다. 그녀는 합리적인 사고에 따라 행동하는 게 아니었다. 윗선이 알지 못하도록 대포폰을 마련하고 기록이 남지 않을 구식 노트북을 사용하고 이제는 아무도 쓰지 않는 USB에 영상을 옮길 생각까지는 했지만, 정작 구치소에서 만난 그 남자가 자신을 알아보면 어떻게 할 건지 그런 대책 같은 건 없었다. 그녀를 본 화남은 의외라는 표정이었다. 항상 오던 경찰이 아니어서 그랬으리라. 그녀는 그를 힐긋 바라보았다. 지금 앞에 앉은 이 남자는 그날 밤 봤던 것보다 훨씬 더 왜소해 보였다. 턱에는 지저분하게 수염이 남아 있었고 걷은 소매 아래로 여성의 나체 문신이 드러났다.

"여자 형사가 온 건 처음인데…… 뭐 더 할 게 있어요?"

지난 몇달 동안 화남은 조사를 받을 때 무슨 말을 해야 하는지 지침을 받았을 것이었다. 마치 그 방송에 나온 노숙자 여자처럼…… 그 여자는 뭘 얻었을까? 뭘 얻긴 얻었을까? 그녀는 고개를 흔들었다. 화남이 받은 지침을 교묘하게 무너뜨리며 조심스럽게 접근해야 했다.

"보강할 게 있어서."

그녀는 후배가 USB로 전달해준 이 남자의 진술서(전부는 아니었다. 접근 제한이 걸려 있어서 일부분만 구할 수 있었다고 후배는 말했다)를 떠올렸다. 화남은 화장실을 부술 때마다 피해—그 사소하지만 짜증 나고 사람을 치졸하게 만드는—를 받을 여자들을 떠올렸다고 말했다. 그 일을 하는 내내 화남의 얼굴에서 미소가 떠나지 않았으리라.

"뭘 또? 맨날 와서 온갖 걸 물어보고 온갖 검사를 다 했으면서."

"왜 그런 일을 했어?"

"그건 맨날 물어본 거잖아요."

진술서에서 화남은 그게 여자들을 괴롭힐 수 있는 방법이기 때문에 그렇게 한 거라고 대답했다. 그러니까, 괴롭힐 수 있기 때문에 괴롭힌 거라고. 그것보다 더 진실한 대답이 있을까?

"왜 남자들은 괴롭히지 않은 거지?"

"그런 질문은 아무도 안 했는데."

화남이 휘파람을 불었다. 강하고 불량하게 보이고 싶어서, 순전히 그런 마음에서 저러는 것이다. 왜냐하면 그녀는 '여자 경찰'이니까. 그녀는 잠자코 기다렸다.

"간단해요. 그건 재미가 없거든요. 난 나쁜 사람 아니에요. 그냥 재미있는 일을 하고 싶었을 뿐이라고요. 그냥 그런 생각을 멈출 수 없었기 때문이라고요."

"여자들을, 구도심의 여자들을 괴롭히고 싶다는 생각을 멈출 수 없었던 거라고?"

화남은 그녀를 바라보다가 또박또박 대답했다.

"그러니까 교정이 필요한 거죠."

그녀는 기가 찼지만 내색하지 않고 다음 질문을 던졌다.

"0구역이나 1, 2구역 건물의 여자 화장실은 왜 부수지 않았어? 왜 그곳에 있는 여자들은 괴롭히지 않았어?"

화남은 왜 남자들을 괴롭히지 않았냐는 말을 들었을 때보다 좀더 놀란 것 같았다. 자기 자신도 그런 생각은 한번도 해본 적이 없었으므로. 잠시 후 화남이 입을 열었다.

"거긴 아무래도 경비가 삼엄하니까……"

"아니야. 너는 범죄를 저지르기 위해서 철저하게 계획을 세웠어. 기계를 다루는 기술도 있지. 그러니까 만약 네가 원했다면 그 구역 건물로도 당연히 침투가 가능했을 거야."

"침투."

화남이 그 단어를 반복했다.

"너는 개쓰레기야."

갑작스러운 그녀의 말에 화남은 당황한 듯했다.

"씨발, 내가 다른 구역 여자들을 괴롭히지 않아서 개쓰레기라는 거야?"

"그날 밤 넌 사람을 죽일 뻔했어."

"그년들이 그날 밤 거기에 없었으면, 그 지나가던 년이 쓸데없이 상관 안 했으면 그런 일 생기지도 않았겠지, 씨발. 재수가 없어서 씨발, 안 되는 놈은 뒤로 넘어져도 코가 깨진다더니."

그녀는 그런 말은 무시하기로 했다.

"그 여자 얼굴 기억해?"

일순 화남의 말투가 바뀌었다. 그는 잔뜩 으스대고 있었다.

"완전. 죽을 때까지 잊지 않을 거고."

"왜?"

"죽여버릴 거니까. 나를 아주아주 곤란하게 만들었으니까."

그녀는 안경을 벗고 머리를 묶은 끈을 풀었다. 그리고 손으로 머리를 흐트러뜨렸다. 그날 밤과 비슷하게 보이도록. 하지만 화남은 영문을 모르겠다는 듯이 그녀를 바라보다가 갑자기 웃음을 터뜨렸다.

"나한테 잘 보이려고 그러는 거야? 와!"

화남은 그녀를 기억하지 못했다. 하지만 이상하게도 그 순간 갑자기 화남이 자신을 향해 소리치던 장면이 떠올랐다. 씨발년! 찢어발길 테다! 절대 잊지 않을 거야! 뒷덜미에서 땀이 배어나왔다. 심장이 쿵쿵거렸다. 두려운 마음이, 배의 통증이 되살아나는 것 같았다. 드릴의 일부가 자신의 피부를 찢을 때의, 그 불에 덴 듯한 감각이 살아나는 것 같았다. 손이 너무 떨려서 테이블 아래로 숨겼다. 정신을 차려야 했다. 화남은 픽 웃었다.

"여기에 있는 동안 수많은 편지를 받았어요. 그중 가장 많은 내용이 뭔 줄 알아요? 기억이 교정되면 만나고 싶다는 편지요. 나를 사랑해주겠다는 그런 편지요."

화남의 말투는 처음처럼 온순해졌지만 테이블 아래, 그녀의 손은 여전히 덜덜 떨렸다. 토할 것 같았다. 아마도 그녀의 이마에 땀이 맺혔으리라. 그렇지만 동시에 그녀는 본능적으로 알아차릴 수 있었다. 지침을 기억하고 지켜야 하는 화남이 완전히 산만해졌다는 걸.

"기억 교정술을 받고 싶어?"

"받고 싶죠."

"왜?"

화남은 잠시 망설였다. 뭐라고 대답을 해야 할지 고민한다는 듯이.

"감옥에 가는 건 싫으니까."

"너의 즐거움은 어떻게 할 건데?"

"다른 즐거움이 있겠지. 일단 여기서 나가기만 하면."

화남은 히죽 웃었다. 멍청이 같은 자식. 그녀는 이제 두 손을 테이블 위에 두었다. 어깨를 편 후 화남을 똑바로 바라보았다.

브라운관 탑에서 흘러나온 영상은 그날 그녀가 몸에 지니고 간 구식 초소형 카메라로 찍은 것 중 극히 일부분이었다. 그 남자를 만나고 돌아온 그녀는 미리 구해놓은 구식 랩톱과 카메라를 선으로 연결해서 영상을 옮겼다. 화남이 그날 밤 찌른 여자를 똑똑히 기억한다고 말하는 장면은 잘라냈다. 그의 폭력성이 두드러지는 장면은 남겨두었다. 특히 이 말.

"다른 즐거움이 있겠지. 일단 여기서 나가기만 하면."

뻐기는 듯한 남자의 목소리가 광장으로 퍼져나갔다. "저거 아주 악질이네." 모니터 앞에 서 있던 누군가가 말했다. 어떤 이들은 고개를 흔들었지만 그뿐이었다. 모니터가 꺼지자 사람들은 다시 자기 갈 길을 갔다. 그녀는 선글라스를 끼고 다시 자리에 털썩 주저앉았다. 이게 내가 원한 거였나? 그랬다. 탁 트인 공간에서 저 영상을 보는 것.

영상을 보고 있는 사람들, 그 사람들의 반응을 직접 마주하는 것. 그녀는 언제 그런 영상이 송출되었냐는 듯이 뿔뿔이 흩어지는 사람들을 보며, 만약 자신이 화남 앞에서 그날 부상을 당한 여자라는 걸 밝혔다면, "그날 밤 네가 찌른 그 여자가, 죽을 때까지 잊어버리지 않겠다고 말한 그 여자가 바로 나야"라고 말했다면 어땠을까 하는 생각이 들었다. 그가 자신을 전혀 기억하지 못한다는 걸 사람들에게 알렸다면 어땠을까 하는 생각도. 그렇게 할 수도 있었다. 하지만 그녀는 그렇게 하지 않았다.

그날 저녁 뉴스에는 영상이 나오지 않았다. 누군가 손을 쓴 모양이었다. 다만 일은 그녀가 전혀 예상하지 못한 식으로 이어졌다. 미디어파크의 브라운관 탑에서 나오는 영상을 누군가 자신의 휴대전화로 찍었고 그걸 SNS에 올린 것이었다. 그 영상이 엄청난 속도로 퍼져나갔다. 다른 즐거움이 있겠지. 일단 여기서 나가기만 하면. 화남의 말, 말투, 태도가 일으킨 파장이 어마어마했다. 그녀가 막연하게 짐작한 것 이상이었다. 그녀는 단순한 하나의 문장이 세상으로 스며들어 세상의 색을 바꾸는 속도 때문에 진이 빠질 지경이었다. 그 남자에게 일말의 도덕심이라도 남아 있을 줄 알았다고 SNS 속 사람들은 성토했다. 냉혈한 취급을 받던 사람들은 그것 보라고, 자신들의 말이 맞지 않느냐고 반문했다. 어제까지 기억 교정에 찬성한다는 의견을 밝힌 많은 사람들이 — 유명인들, 심지어 기자나 일부 학자들까지도 — 입장을 바꾸었다. 형벌의 사회적 효용과 '기분'의 문제, 그리고 윤리의식이 어지럽게 뒤섞였다.

"기억과 형량을 맞바꾸려는 그 시도가 너무 얄밉지 않아?"

누군가 SNS에 올린 이 말은 엄청나게 빠른 속도로 리트위트되었다.

그리고 그 영상은 그녀의 남편에게까지 가닿았다. 그는 영상 속 인터뷰어가 자신의 아내라는 것을 단박에 알아차렸다. 그는 그녀에게 소리쳤다.

"대체 무슨 생각으로 그런 일을 한 거야?"

그녀는 조용하고 침착하게 대꾸했다. 그와 싸우거나 언쟁하고 싶은 마음은 전혀 없었다.

"그 영상엔 안 나오지만, 그 남자는 내 얼굴 기억도 못해."

"여보, 난 그냥 그날 밤 일에서 벗어나고 싶어. 그냥 두면 끝났을 거라고. 누구도 더이상 관심을 가지지 않았을 거라고. 난 그 일 모두를 잊고 싶어. 그가 기억 교정을 받지 않는 이상 이 일은 계속 사람들 입에 오르내릴 거라고. 이 일은 끝나지 않을 거라고."

"아니, 이것도 결국은 사람들에게 잊힐 거야. 언젠가는."

"그래, 언젠가는 잊히겠지. 하지만 당신이 일을 더 키우지 않았다면 더 빨리 잊혔을 거야. 대체 왜 그러는 거야? 당신은…… 당신은…… 왜 앞으로 나아가지 못하는 거야? 왜 거기에 계속 머물러 있으려고 하는 거야?"

그의 손바닥이 땀으로 축축해졌다. 최진유에게 받은 거즈 손수건을 어디에 뒀는지 떠올리려고 애쓰며 그는 거실을 계속 서성거렸다.

"거기에? 거기가 어딘데?"

남편은 대답하지 않고 여기저기 서랍을 열어보기만 했다.

"나는 계속 거기에 머물러 있기를 바라는 게 아니야."

그녀가 애처로운 목소리로 말을 이었다.

"여보, 당신 편하자고 누군가의 기억을 없앨 수는 없어."

그 말에 그는 하던 행동을 모두 멈추었다. 그녀에게 다
가와서는 커다란 손으로 그녀의 어깨를 꽉 잡았다.

"내가 편하자고 이런다고?"

커다란 개, 평화로운 곰. 그녀는 그를 제압할 수 있었다.
그럴 수 있을 것 같았다. 아무리 경찰 일을 쉬고 있고 다쳤
다고 할지라도 커다란 남자를 제압하는 것, 그녀가 지난
몇년 동안 밥 먹듯이 해온 일이었다. 하지만 그녀는 가만
히 서서 그가 자신의 몸을 흔드는 것을 내버려두었다. 그
의 손이 그녀의 어깨를 파고들었다. 통증이 느껴졌다. 아
마도 붉은 자국이 생겼으리라.

"그래, 그래, 맞아, 당신 말이 맞아. 나는 나 편하자고 다
른 사람을 희생시키려는 그런 파렴치한이야! 나 편하자고
누군가의 기억을 없앨 수는 없다고? 아니? 그럴 수 있어!
그럴 수 있다고! 그날 밤의 일을 기억하는 누군가가 이 세
상에서 단 한명이라도 사라질 수 있다면, 하고 바란다고!"

"왜?"

그 질문에 그는 그녀의 몸에서 손을 떼고 뒤로 물러났다.

"그날 밤 당신이 겁에 질렸기 때문에? 너무 무서워서 한 발자국도 움직이지 못했기 때문에? 고작 그런 이유로 누군가의 기억을 없애는 데에 동조하겠다는 거야? 그런 논리에도 맞지 않은 이유로? 그럼 거기에 있던 다른 사람들의 기억은? 내 기억은? 당신에게 악플을 달았던 사람들 모두의 기억은?"

그는 그녀의 얼굴을 바라보며 주먹을 꽉 쥐었다. 무언가 그의 마음속에서 팽팽하게 당겨지는 것 같은 기분이 들었다. 그걸 놓아서는 안 돼. 그는 속으로 속삭였다. 놓아서는 안 돼. 놓으면 끝장이야. 그러면 모든 게 부서질 거야. 그는 눈을 감고 침을 크게 한번 삼켰다. 그러고 겨우 입을 열었다.

"그럼, 대체 당신이 원하는 건 뭔데?"

그녀는 그를 바라보기만 했다. 내가 원하는 거? 그녀는 그날 임윤성의 차 안에서 자신의 옷으로 배어나온 피를 떠올렸다. 하늘로 솟아오르던 불꽃들, 흔들거리던 최진유의 귀걸이, 자신의 손을 잡던 남편의 커다란 손, 난파선 같은 구도심의 건물…… 대답을 기다리던 그는 더이상 참을 수 없다는 듯 집 안의 이곳저곳을 뒤지기 시작했다. 커피 테이블의 서랍, 식탁 위 상자, 장식장과 싱크대의 수납장…… 이윽고 그는 소파 옆 협탁 서랍 안에서 하얀색 거즈 손수건을 찾아냈다. 그 작은 거즈 손수건으로 커다란 손바닥을 꼼꼼하게 닦는 그의 모습을, 그녀는 한동안 바라보며 서 있었다.

물론 영상 속 여자가 그녀라는 사실을 알아차린 건 남편뿐만이 아니었다. 후배 역시 계속해서 전화를 걸었고 그녀가 전화를 받지 않자 이런 내용의 문자메시지를 남겼다.

—도대체 이게 다 무슨 일이에요?

자신이 그녀의 부탁으로 화남과 만나게 해줬다는 사실을 후배는 반장에게 절대로 말하지 못할 것이었다.(당연히 반장은 이미 그 사실을 알고 있을 터였지만.) 기억 교정술에 대한 여론이 급변하는 상황에서 공청회가 어떤 식으로 결론이 날지 예측할 수 없었다. 공청회가 실패로 끝난다면, 여자 화장실을 부수고 그녀의 배를 찢은 그 남자의 기억은 온전하게 남아 있게 될 터였다. 그리고 만약 그렇게 된다면 그 남자가 그날 밤의 기억을 언제까지 간직하게 될지 그녀는 궁금했다. 그 기억이 어떤 식으로 그 남자의 머릿속에서 변질되고 오염되고 흐르고, 결국 어디서 고정될지 궁금했다. 결국 모든 기억은 변한다고, 똑같은 일을 기억하는 일년 전의 나와 지금의 나는 다르다고, 임윤성은 말했다. 하지만 그녀는 그게 바로 핵심이라고 느꼈다. 기억이 흐르는 방식이야말로 한 인간이 존재하는 특정한 방식이라고 그녀는 생각했다.

공청회가 실패로 끝난다면 현시장의 재선에도 타격을 줄 가능성이 있었다. 하지만 시장이 건 슬로건 '다시 태어나는 도시'는 누군가 이어받겠지, 이 도시의 누구도 이곳이 죽어가는 걸 원하지 않을 테니까. 하지만 다시 태어난다는 게 무슨 의미야? 죽은 구역의 사람들을 몰아내고 새로운 건물이 들어서게 하면 이 도시가 다시 살아나는 건가? 아니다. 그런 일을 언제까지 반복한다 해도 이 도시는 영원히 0, 1, 2, 3, 4, 5라는 명찰을 나누어 달게 될 것이다.

그리고 어쩌면 자신들의 구역이 그대로 남아 있기를 바라는 사람들도 있겠지. 당신들 눈에는 죽은 것처럼 보이지만 우리는 여전히 살아 있다는 걸 알리고 싶어서…… 그게 자신들의 죽음이 아니라 삶이라는 걸 알리고 싶어서. "우리를 내버려둬라"라는 문구들.

며칠 동안 남편은 소파에서 잠을 잤고 그녀와는 눈도 마주치지 않았다. 어느 날 오후, 직장에 있을 남편이 그녀에게 전화를 걸었다. 그녀는 전화를 받지 않았다. 문자도 여러번 보내왔지만 그녀는 확인하지 않았다. 그다음에는 후배에게서 전화가 오기 시작했다. 이상했다. 마침내 최진유의 전화까지 무시하고 나자 무언가 잘못되었다는 생각이 들었다. 최진유의 번호가 휴대전화 액정에서 사라진 직후, 그동안 확인하지 않은 문자메시지를 열어보려던 그녀는 의도치 않게 그 순간 걸려 온 전화를 받게 되었다. 그녀의 어머니가 격양된 목소리로 다짜고짜 물었다.

"그 미친놈에게 죽을 뻔한 사람이 너라는 게 사실이냐? 너희 아빠가 아무래도 그게 너인 것 같다는데, 맞는 거니?"

그녀는 어리둥절함을 느꼈다. 내가 잘못 들은 걸까? 어머니가 똑같은 질문을 토씨도 틀리지 않고 다시 했을 때, 그제야 퍼뜩 정신이 들었다. 그녀는 통화 종료 버튼을 누르고 곧바로 포털사이트 메인 뉴스 창을 열었다. 곧장 〔단독〕 타이틀을 단 기사를 발견할 수 있었다.

'속수무책으로 당한 경찰? 구도심 화장실 파괴범과 대치하다 부상당한 여성이 경찰로 밝혀졌다……'

기사에는 그녀의 이름과 얼굴만 안 나왔을 뿐 그녀가 근무하던 경찰서와 직급, 나이 등이 소상하게 밝혀져 있었다. 그녀를 알고 지낸 사람이라면 누구나 알아볼 수 있을 정도였다.

'……본지의 취재 결과, 익명을 요구한 한 목격자는 그날 밤 구도심 건물에 갑자가 나타난 여성이 자신을 경찰이라고 밝혔음을 실토했다. 하지만 그 사실을 숨긴 이유에 대해서는 별다른 언급을 하지 않았다. 어떠한 이유에서든 경찰 측에서 다수의 목격자와 피해자, 그리고 범죄자의 증언을 통제했다는 비난을 피하기는 어려울 듯 보인다.'

그 아래로 첫 기사의 내용을 받아쓴 어뷰징 기사들이 줄줄이 떠 있었다.

'그날 밤 자신을 경찰이라고 밝힌 여성은 슬립원피스 차림이었으며 남편과 그 주위를 산책하던 중이었다고 밝혔다.'

'경찰 관계자에 따르면 그 여성은 현재 휴직 중인 것으로 알려졌다. 휴직 중인 경찰이 왜 자신을 굳이 경찰이라고 밝혔는지에 대한 의문이 제기되고 있다……'

젠장, 젠장, 젠장. 문득 그 아래 기획 기사의 제목에 그녀의 시선이 가닿았다. 전날 올라간 첫번째 기사의 제목.

'보복범죄의 실상 1 ── 범죄자에게 보복당하는 피해자들'

그리고 네시간 전 올라간 두번째 기사의 제목.

'보복범죄의 실상 2 ── 경찰의 안전은 누가 지키나?'

이번에는 유튜브로 들어가서 실시간 뉴스를 확인했다. '수사본부장의 실시간 브리핑 ── 58분 후'라는 제목의 영상이 떠 있었다.

12

 차마 영상을 클릭하지 못한 채 그녀는 두 손으로 머리를 감싼 채로 잠시 머물러 있었다. 그래, 그때 임윤성이 말했지…… 공청회에 참석해서 거짓 증언을 하라고, '친구로서' 충고하는 거라고. 그가 이런 일들을 벌인 걸까? 내 정보를 언론사에 흘린 걸까? 무엇 때문에? 친구로서 한 충고를 내가 듣지 않았기 때문에? 내가 일을 망쳤다고 생각했기 때문에? 그녀는 재킷을 벗어두던 임윤성의 모습, 넥타이를 풀던 그 손을 떠올렸다. 그 순간 왜 그런 게 떠오르는지 알 수 없었다. 하, 그렇구나. 오늘 나에게 전화를 걸지 않은 단 한 사람이 바로 임윤성이구나…… 그녀는 임윤성에게 전화를 걸었다. 그가 계속 전화를 받지 않았기 때문에 그녀는 결국 임윤성을 찾아가기로 했다. 다른 생각은 들지 않았다. 운전을 하는 동안에도 그녀는 전화 걸기를 그만두지 않았다.

 "여보세요?"

 드디어 임윤성의 목소리였다. 언제나처럼 차분한 말투,

그렇지만 그녀는 그 속에 숨겨진 다른 감정이 있으리라고 확신했다.(하지만 그 숨겨진 다른 감정이 뭔지는 몰랐다.) 그녀는 소리쳤다.

"당신이에요? 당신이 그랬어요?"

임윤성은 여전히 차분한 태도로 그녀에게 되물었다. 마치 그녀가 그럴 줄 알고 있었다는 듯이.

"어디에 있어요?"

하지만 그녀의 대답을 기다릴 틈이 없다는 듯 빠르게 말했다.

"내 주차장으로 와요. 그리고 수사 브리핑 영상은 보지 말아요."

임윤성은 그녀의 차 번호를 확인한 후 다른 질문을 받기도 전에 전화를 끊어버렸다.

차라리 그날처럼 비가 온다면 좋겠다고, 그녀는 생각했다. 비와 우박에 가려서 보이지 않았던 주위의 풍경이 비로소 눈에 들어왔다. 그날은 몰랐는데 주차장 벽면으로 조그만 화단이 앙증맞게 조성되어 있었다. 국화 조금과

제라늄. 어쨌거나 누군가 시간을 들여서 정성을 다했을 것 같은 그런 풍경. 주차장 너머 큰길가에는 가을빛을 띤 가로수들이 일렬로 늘어서 있었다. 그녀는 시계를 보았다. 수사본부장의 브리핑이 막 시작될 시간이었다. 임윤성은 그걸 보지 말라고 했다. 왜? 그가 보지 말라면 보지 말아야 하나? 그녀는 영상을 클릭했다.

"······확인해본 결과, 그날 사건 현장에 있었던 것은 유산 후 휴직한 여자 경찰이었습니다."

본부장의 입에서 이 말이 나왔을 때 그녀는 숨이 막히는 것 같았다. 유산 이력을 알아냈다는 사실보다 그게 중요하게 다뤄지는 이 상황이 그녀로서는 더 이해하기 어려웠다. '유산 후 휴직한 여자 경찰' 하, 세상에. 그녀는 어지러워져 시트에 머리를 기댄 채 눈을 감고 잠시 그대로 있었다. 재생되는 화면에서는 목소리가 계속 흘러나왔다.

"휴직할 당시 심신 미약 상태······ 그날 왜 구도심에 있었는지는 파악하지 못했습니다. ······피해자의 심리 보호를 위해 신변을 밝힐 수 없었던 점을 송구하게 생각하고······ 앞으로 언제나 시민의 편에 서서 판단하는 경찰이 될 것입니다⋯⋯"

그 이야기 속에서 그녀는 달리기와 매달리기를 잘하는 그런 경찰이 아니었다. 범죄 현장을 급습하고 범죄자의 손에 수갑을 채우는 그런 경찰이 아니었다. 관찰력과 통찰력이 뛰어난 수사관도 아니었다. 수사본부장의 이야기 속에서 그녀는 유산 후 주체할 수 없는 슬픔과 충격 때문에 일을 그만둘 수밖에 없었던 여자 경찰이었다. 호르몬과 신체의 영향에 무력하게 갇힌 여자 경찰이었다. 무더운 여름날 밤, 구도심의 건물에서 우연히 맞닥뜨린 범죄자에게 경솔하게 다가가 무기력하게 공격당한 여자 경찰이었다.

밖에서 나는 소리에 그녀는 눈을 번쩍 떴다. 주차장 입구로 임의 차가 들어오는 게 보였다. 그녀는 그 차에서 눈을 떼지 않았다. 주차를 하고 천천히 차에서 내리는 정장 차림의 임윤성에게서 눈을 떼지 않았다. 하지만 그가 그녀의 차에 오르자마자 넥타이를 풀어내는 그 순간부터는 창밖의 제라늄에만 시선을 주었다. 임윤성이 고개를 흔들며 그녀를 책망하듯 말했다.

"봤군요."

그녀는 바람에 흔들리는 제라늄에서 눈길을 떼지 않은 채 대답했다.

"당신이 그런 거예요?"

"애초에 왜 내 충고를 듣지 않는 거냐고요. 난 당신을 보호하려고 했어요. 대체 왜 그랬어요?"

그녀는 고개를 돌려 임윤성을 바라보았다. 초췌해 보이는 얼굴과 초조해 보이는 손동작, 헝클어진 머리카락, 깃을 세운 재킷…… 그건 그녀가 알고 있는 자신만만하고 여유 넘치던 그의 모습이 아니었다. 그는 두 손으로 얼굴을 비볐다.

"그냥 당신이 가만히 있었으면…… 당신이 원하는 대로 공청회에 나오지 않아도 되었는데…… 그런데…… 왜…… 대체 왜 그런 영상을 찍은 거냐고요."

"몰라서 묻는 거예요? 내가 원한 건, 공청회에 참석하지 않는 게 아니었다고요."

임윤성이 따지듯이 물었다.

"그럼 뭔데요?"

그녀는 임윤성의 얼굴을 바라보았다. 환한 빛 아래 드러난 그의 얼굴을 바라보았다.

"그걸 모른다고요? 당신들 마음대로 누군가의 기억을 없애는 걸 반대하는 거라고요! 세상에, 정말 모르겠어요? 그런 식으로 누군가의 기억을 없앨 수는 없어요! 그게 바로 그 사람이라고요. 어떤 기억을 가지고 살아가든 그건 자신의 몫이라고요."

"당신이 가지고 있는 모든 기억이 당신의 의지대로 남아 있는 거라고 생각해요? 그중 대부분은 그저 전기 작용의 우연한 결과일 뿐이에요. 그리고 그마저도 왜곡되는 경우가 허다하다고요."

임윤성이 차가운 목소리로 내뱉듯이 말했다. 그녀는 구도심을 거닐던 자신과 남편의 모습을 떠올렸다. 남편의 목덜미를 깨물던 자신을 떠올렸다. 그러면서 자신이 했던 상상들도…… 그리고 우박과 비가 섞여서 떨어지던 날 밤, 차 안에서 자신에게 다가오던 임의 눈이 반짝거린다고 생각했던 것도 떠올렸다. 이상했다. 그때 그 눈을 떠올리자 그녀는 심장이 터질 것 같았다. 심장의 박동이 너무 잘 느껴져서 괴로울 지경이었다. 쥐어짜듯 그녀가 말했다.

"내가 기억하는 방식이 바로 나예요. 내 뇌가 전기 작용을 어떤 식으로 하든, 그게 우연이든 필연이든, 그 모든 방식 자체가 바로 나 자신이라고요. 그걸 누가 손댈 수는 없어요."

"정말로 그렇게 생각해요?"

그녀는 아무런 말도 하지 않았다. 한동안 임윤성도 입을 다물었다. 그들은 그런 식으로 각자의 방향으로 시선을 두고 있었다. 마침내 임윤성이 입을 열었다.

"그 실험으로 도움을 받을 사람들을 생각해봐요."

그녀는 심장박동 소리를 떨쳐버리고 싶어서 과장되게 큰 소리로 말했다.

"정말로 그게 중요하다면, 어째서 외상후스트레스장애를 겪는 환자를 선택하지 않은 거예요? 왜 범죄자를 선택한 거예요?"

그녀는 그게 말도 안 되는 질문이라는 걸 알았다. 그런 위험을 감수할 수는 없었을 것이다…… 하, 그렇다면 범죄자는 그런 위험을 감수해도 된다는 건가?

"내가, 우리가 범죄자를 선택한 거라고 생각해요?"

임윤성의 입에서 튀어나온 의외의 대답에 그녀는 깜짝 놀랐다.

"그럼 누가 선택한 건데요?"

임윤성이 그녀를 바라보았고 이번에는 그녀도 임윤성의 시선을 피하지 않았다. 똑바로 그를 바라보았다.

"사람들이요! 시민들이요!"

그의 눈동자, 갈색 눈동자가 흔들렸다. 마구 흔들렸다.

"당신들이 여론을 조작하고 정보를 짜깁기하고 거짓 정보를 뿌리고 목격자와 피해자들에게 거짓말을 하게 만들고……"

"이렇게 한 게 처음일 거 같아요?"

"뭐라고요?"

"이런 식으로 여론을 만들고 사람들을 자극하고 이슈에 대한 관심을 불러일으키려고 한 게 처음일 것 같냐고요. 그래요, 이 실험을 하기 위해 들인 엄청난 돈 때문에 우리에겐 이런 이슈 몰이가 필요해요. 지금 이 이슈를 둘러싼 상황 자체가 우리에겐 어마어마한 광고가 되고, 회사 가치가 올라가는 데 도움이 돼요. 생각해봐요. 대중의 지지가 없다면, 그 어떤 정치인이든 학계든 이 실험에 힘을 실어줄 수 없었을 거라고요. 무슨 말인지 알겠어요? 우리가 사람들을 조종한다고요? 아니요! 외상후스트레스장애 환자 문제를 이슈화하려고 우리가 얼마나 노력했는 줄 알아요? 각종 중독자 뉴스가 뜰 때마다 이번처럼 사람들의 이목을 끌려고 얼마나 많은 시도들을 했는지 알아요? 내 말 알겠어요? 사람들이, 시민들이, 대중이 바로 범죄자를 선택한 거예요. 그들이 이 사안에 응답한 거라고요. 누군가를 돕는 것 대신, 누군가를 처단하는 것에 응답을 한 거라고요!"

아무 대답도 하지 못하는 그녀를 바라보며 임윤성이 계속 말했다.

"이봐요. 나는 당신의 신상을 보호하려고 했어요. 나는…… 내가……"

그때 갑자기 차의 뒷문이 열렸다. 백미러를 통해 누구인지 확인한 그녀는 멍한 표정으로 임윤성을 바라보았다. 임은 창밖으로 고개를 돌리고 그녀의 시선을 피했다. 초조하다는 듯 엄지손톱을 물어뜯으며. 그녀는 두 손으로 핸들을 움켜쥐었다.

"본부장님 브리핑을 봤겠지. 분명히 봤을 테지."

그녀는 백미러에 비친 수사반장을 다시 한번 바라보았다. 수사반장은 아주 편안한 자세로, 아무런 걱정도 없다는 듯이 앉아 있었다. 마치 모든 일이 자신 — 아니, 자신의 상관, 아니 자신의 상관의 상관 — 의 뜻대로 흘러가는 게 불 보듯 뻔한 일이라는 듯.

"공청회에 참석해. 이번엔 자네 얼굴을 걸고 나와야 할 거야. 일을 이렇게 만든 건 바로 자네라는 걸 잊지 마."

"비통함에 빠지고 두려움에 절여진 나약한 여자 경찰의 모습으로요?"

"그거 좋네."

"내가 왜 그런 일을 할 거라고 생각하죠? 내 얼굴까지 걸면서 어째서 그런 일을 할 거라고 생각하죠?"

반장은 갑자기 몸을 기울여 그녀 쪽으로 다가왔다. 그녀는 반장의 얼굴을 주먹으로 치고 싶은 기분을 억누르려고 두 눈을 질끈 감았다.

"자네가 어떤 이유로 이 실험에 반대하는지는 잘 알고 있어. 어련하겠어? 하지만 이게 얼마나 웃기는 일이야? 자네가 휴직계를 내야 했던 진짜 이유를 완전히 잊어버린 것처럼 굴고 있다는 게? 범죄자의 인권을 중요하게 생각하지 않는 건 자네였지, 내가 아니었어. 게다가 자네가 괴롭힌 그 남자는 범죄자도 아니었잖아."

"괴롭혔다고요?"

핸들을 잡은 그녀의 손이 부들부들 떨렸다.

"자네의 약점이 바로 너, 자기 자신이라는 사실을 잊지 마. 그게 내가 자네에게 해줄 수 있는 최대의 충고야."

다시 뒷좌석에 편안하게 기대앉은 수사반장은 느긋하게 말을 이었다.

"유산으로 충격을 받고 그날 밤의 공격 때문에 여전히 고통받는 여자 경찰로 사람들 앞에 설 건지, 아니면 용의자에게 폭력을 가한 경찰로 기억될 건지, 그건 온전히 자네에게 달렸어."

그러고 나서 반장은 재킷 안쪽 주머니에서 봉투를 하나 꺼내 흔들며 말했다.

"이게 뭔지 아나? 자네의 복직 신청서야."

그녀 자신은 작성한 적도 없는 복직 신청서였다. 당연했다. 종이로 작성한 복직 신청서는 더이상 통용되지도 않았다. 하지만 반장은 그녀에게 보여주려고 출력을 한 뒤 봉투에 담아 오는 수고로움을 감수했다. 그녀는 반장이 그걸 직접 했으리라고 확신했다. 그녀에게 굴복감을 주고 싶어서. 오로지 그 이유만으로.

"공청회가 무사히 끝나고 시장이 재신임되고 나면 때를 봐서 복직할 수 있을 거네. 어차피 사람들은 이 일도 잊어버리게 되어 있어. 사람들이 잘 잊어버리지 않는 게 뭔 줄 아나?"

그녀는 고개를 저었다.

"사람들은 평범해 보이는 사람들이 저지른 악행, 이웃의 악행 같은 건 잊지 않아. 효용감이 있거든. 내 이웃의 악행을 보면서 도덕적 우월감에 젖어드는 거야. 좀더 나은 인간이라고 믿어버리는 거지. 권력이나 돈이 있는 사람들의 악행도 그런 식으로 받아들이려고 하겠지만 결국은 불가능해지지. 돈과 권력은 언제나 도덕적 우월감보다 힘이 세거든."

"아니에요. 젠장, 그런 게 아니라고요. 말도 안 되는 개
소리라고요."

반장은 그런 그녀의 말은 신경도 쓰지 않는 것 같았다.

"사람들이 금방 잊어버리는 게 또 뭔지 알아? 피해자들
에게 느끼던 동정심이야."

그녀가 빈정거리는 투로 반문했다.

"왜요? 그거야말로 도덕적 우월감을 느끼는 데 도움이
되는 거 아닌가요?"

"사람들은 자기가 어떤 일의 피해자가 될 수 있을 거라
는 생각을 잘 안 하거든. 딴 세상의 일이지. 하지만 악행은
달라. 그렇지 않아? 다른 사람에게 폭력을 쓰고 싶은 욕구
를 이겨낸 사람은 그런 욕구에 지고 만 사람의 행동을 잊
지 않지. 그런 욕구에 진 사람의 얼굴을 볼 때마다, 이런
표현은 이상하지만, 행복감을 느끼겠지."

그녀는 온몸이 딱딱해지는 것 같았다.

"물론 그게 뭐든 악행도 결국은 잊히겠지. 우습지만 그
시간을 견디기 위해서는 돈과 권력이 필요하다네. 돈과

권력만 있다면 그 시간을 견디는 건 일도 아닐 테지. 피해자로서 금방 잊힐 건지, 악행을 저지른 자로서 다른 사람들의 도덕적 우월감을 고취시켜줄 건지 그건 자네가 선택할 일이야."

그렇게 말한 수사반장은 차에서 내렸다. 정성을 들여 옷매무새를 가다듬고는 뚜벅뚜벅 걸어서 건물 안으로 사라졌다. 차 안에 남은 그녀와 임윤성은 한동안 아무 말도 하지 않았다. 먼저 입을 연 건 임윤성이었다.

"반장 말대로 해요. 공청회에 참석해요. 잠깐 동안은 사람들 입에 오르내리겠지만 곧 괜찮아질 거예요. 복직도 할 수 있고, 시간이 지나면 그게 뭐든 다 괜찮아질 거예요."

"반장이 한 말…… 내가 휴직계를 낸 이유, 알고 있었어요?"

임윤성이 그녀를 바라보다가 고개를 끄덕였다.

"나를 볼 때마다…… 도덕적 우월감을…… 느꼈어요?"

"아니에요. 그런 게 아니에요, 난 그런 거 상관 안 해요."

"그러면 뭘 상관했어요? 내가 당신의 장기판 위에서 말처럼 움직이는 거?"

임윤성은 무슨 말을 하려다가 그만두었다. 입술을 깨물었다. 그녀가 입을 열었다.

"난 공청회 참석 안 해요. 절대 안 할 거예요. 그 남자는 나를 기억하지도 못했어요. 나를 기억하지 못한다는 증거도 있어요. 내가 직접 그 영상을 뿌릴 거예요."

그 말에 임윤성이 몸을 그녀 쪽으로 기울여 양손으로 그녀의 어깨를 잡았다가 금방 놓았다.

"그러지 말아요. 그러면 당신은 절대 복직할 수 없게 돼요. 아니, 복직만 불가능해지는 게 아니에요. 반장이 당신의 일을 다 까발릴 거예요. 당신이 가진 걸 모조리 다 잃어버리게 된다고요."

다시, 심장박동 소리가 그녀의 온몸으로 퍼져나가는 것 같았다.

"그 일……에 대해서도 난 열심히 해명할 거예요."

"모르겠어요? 그건 불가능하다고요. 제발, 그냥 반장이 시키는 대로 해요. 제발요."

"왜요?"

그들은 잠시 동안 서로의 눈을 들여다보았다. 먼저 눈

을 피한 건 임윤성이었다. 그녀는 임윤성의 손으로 시선을 옮겼다. 이상했다. 그때 문득 불꽃놀이를 본 날 최진유가 했던 말이 떠올랐다. 너무 아름다웠죠? 정신이 완전히 빠질 만큼.

가을, 늦은 오후의 해가 그들이 앉은 차 안으로 길게 뻗어 들었다. 그 빛은 임의 몸 위로 긴 띠를 만들었다. 정신이 빠질 만큼 아름다웠어. 그녀는 임을 바라보았다. 식당에서는 늘 재킷과 넥타이를 벗어두던 남자, 그리고 식사가 끝나면 그걸 다시 착용하던 남자, 불면증이라는 말 대신 잠에 잘 못 들어,라는 애매모호한 표현은 절대 사용하지 않을 것 같던 남자, 과학기술이 이 세상을 구원하리라고, 진지하게 말하던 남자…… 그녀가 말했다.

"내려요."

"이봐요……"

"젠장, 내리라고요!"

임윤성이 더이상 참을 수 없다는 듯 소리쳤다.

"당신이 원하는 게 대체 뭐예요? 당신이 진짜 원하는 게 뭐냐고요!"

그녀는 두 손으로 임의 가슴팍을 내리치며 작은 목소리로 내뱉듯이 말했다.

"내려요. 당장 내 앞에서 사라져요. 당신 역겨워요. 정말 역겨워서 토할 것 같다고요!"

13

그녀는 어디로 가야 하는지도 모르면서 차를 출발시켰다. 자신을 바라보는 임윤성의 모습이 점점 멀어지는 걸 백미러로 확인하면서. 그러고는 무작정 도로를 달리기 시작했다. 당신이 원하는 게 뭐야? 그녀의 남편도 똑같은 질문을 던졌다. 내가 원하는 거? 그녀는 복직하기를 원했다. 범죄자의 손목에 수갑을 채우고, 증거를 수집하고, 분석한 후에 용의자를 심문하는 걸 원했다. 잠깐의 휴식이 주어지면 남편과 함께 시간을 보내기를 원했다. 모든 것이 안전하고 안락하다는 것이 보증된 밤, 커다란 몸에서 흘러나오는 남편의 코 고는 소리를 듣기를 원했다. 그리고 자신도 그런 식으로 깊은 잠에 빠져들기를 원했다. 그리고…… 그리고 내가 또 무엇을 원했을까?

내가 무엇을 원했어?

절대로 무너지지 않을 듯이 서서 그녀를 내려다보던 구도심의 건물, 빗방울, 단추를 만지는 손가락, 축축하게 배어나오던 핏물…… 그녀는 고개를 흔들었다. 그녀는 자신의 잘못을 잊어버리기를 바랐다. 반장이, 임윤성이, 그리고 자신의 잘못을 아는 모든 사람들이 잊기를 바랐다. 그 모든 사람들이 잊어버린다면 잘못은 사라지게 되는 걸까? 잘못을 저지른 적이 없는 거나 마찬가지가 되는 걸까?

화재로 간판이 소실된 구도심의 건물. 그녀는 어느새 그곳에 도착해 있었다. 차에서 내린 그녀는 사람들을 지나쳐 천천히 건물 앞까지 걸어가 위를 올려다보았다. 여기를 고쳐주세요,라는 요청과 우리를 내버려두세요,라는 요청이 공존하는 세계. 무엇이 이 낡은 건물을, 이 구도심을, 위험에 처한 구역을 구원해줄 수 있을까? 그녀는 이런 요청조차 하지 못하는 엑스 구역을 떠올렸다. 세이프 시티 앱 속, 반짝이던 엑스 표시들. 도시의 멍? 하지만 진짜

'멍'은 어디에 있는 건데? 도시의 일부분 때문에 도시 전체가 위험에 처했다고, 아니 산발적으로 펼쳐져 있는 작디작은 구역들이 도시를 위협한다고, 고쳐야 마땅하다고 규정한 사람들은 누구일까? 그것만 고쳐지면 이 도시가 안전해질 거라고 말하는 사람들이 누굴까?

우리 모두.

저지른 잘못을 스스로 잊어버리고 그걸 기억하는 이 세상 모든 사람들의 기억을 모조리 없앤다 한들, 잘못을 저지른 자신은, 그 시간 속에서 존재했던 자신은 여전히 이 세상에, 이 지구에, 이 우주에 남아 있을 것이다. 영원히 남아 있을 것이다.

그것이 그녀의 결론이었다.

집으로 돌아가야 했다. 구식 노트북에 안전하게 보관되어 있는 영상을 인터넷에 뿌려야 했다. 그 영상이 놀라운 속도로 사람들 사이를 파고들고, 혼란스럽게 하고, 세상을 다시 뒤집히게 만들기를 기다려야 했다. 그런 식으로 일이 흘러갈지 그러지 않을지 알 수 없지만 시도는 해봐야 했다. 그리고 그 일들이 앞으로 그녀의 삶을 어떻게 바꿀

지 알 수 없었다. 그래도, 이게 내가 원하는 거야. 내가 정말로 원하는 거야. 그녀는 생각했다. 차에 올라탄 그녀는 휴대전화를 확인했다. 남편을 비롯한 가족들의 연락, 임윤성의 이름 위에서 그녀의 시선이 한참을 머물렀다. 그리고 최진유…… 대체 최진유는 왜 계속 전화를 거는 걸까? 무슨 이야기가 하고 싶어서? 이들 중 누군가에게 회신을 해야 한다면…… 그녀는 최진유에게 전화를 걸어보기로 했다.

"당신, 어디예요?"

최진유의 거침없는 목소리.

"내가 왜 그걸 당신에게 이야기해야 하죠?"

최진유가 가볍게 미소 짓는 모습이 눈에 그려지는 것 같았다.

"우리가 만나야 하니까요. 당신 지금 곤란한 상황이잖아요."

그녀는 자동차 전면창 너머, 구도심 건물의 창문에서 불이 하나둘씩 꺼지는 것을, 셔터가 하나둘씩 내려가는 것을, 사람들이 거리에 쓰레기봉투를 내어놓는 것을, 서로에게 웃으며 인사하고 각자의 집으로 돌아가는 것을 바라보며 대답했다.

"아니요. 전 지금 곤란하지 않아요."

맞아, 난 곤란하지 않아, 그녀는 속으로 생각했다. 결정을 내렸고, 스스로 선택한 삶이 나를 기다리고 있을 뿐이야. 최진유에게서 아무런 반응도 없었다. 그녀는 갑자기 조금 두려운 마음이 들었다. 이윽고 최진유가 입을 열었다.

"알았어요, 곤란하지 않다고 치고, 나 좀 만나줘요. 그 정도는 할 수 있잖아요?"

그녀는 뭐라고 대답해야 할지 알 수 없었다. 최진유를 만나야 해, 말아야 해? 그걸 왜 고민하고 있는 거야…… 최진유가 다시 물었다.

"당신, 어디예요?"

"아니에요, 난 당신 못 만나요. 지금 당장 집으로 돌아가야 해요, 집으로 가서 해야 할 일이……"

"우리 남편을 만났죠?"

그녀는 한 손으로 이마를 문질렀다. 그런 질문은 아무것도 아니었다. 대답하기 곤란한 점은 없었다. 하지만 쉽사리 대답을 할 수가 없었다. 최진유의 질문이 자신의 어떤 부분을 정확하게 찌른 것 같다고, 하지만 그 부분이 어디인지, 무엇인지, 어떤 형태를 지니고 있는지 그녀 자신도 알 길이 없었다. 잠시 망설이던 그녀는 결국 자신이 있는 곳을 최진유에게 털어놓을 수밖에 없었다.

어느새 도시는 성큼 내려앉은 어둠으로 점령당하기 시작했다. 그녀는 어두운 차 안, 핸들에 얹은 두 팔에 고개를 괸 채 바깥을 바라보고 있었다. 구도심의 건물들 중 불이 켜진 곳은 거의 남아 있지 않았다. 어둠에 젖은 구도심의 건물들은 훨씬 더 지친 것처럼, 금방이라도 허물어질 듯이 보였지만 동시에 그 모든 역경을 통과해서 한자리를 견뎌온 사물이 지닌 결단과 힘을 품고 있었다.

바람이 점점 강해지고 있었다. 건물에 길게 붙은 현수막 —"우리를 가만히 내버려두세요"라고 적힌 현수막, 그리고 "이곳을 고쳐주세요"라고 적힌 현수막 —이 찢길 것처럼 요란하게 펄럭거렸다. 거리에 버려진 쓰레기가 바람을 타고 이리저리 날렸다. 잠시 후 그녀는 차에서 내리는 최진유를 볼 수 있었다. 커다란 키, 짧은 머리카락, 멀

리서 봐도 눈에 띄는 화려한 귀걸이와 버버리 트렌치코
트, 그리고 굽이 높은 부츠를 착용한 최진유가 바람에 맞
서 이기겠다는 듯이 등을 펴고 꼿꼿하게 서서 주위를 이
리저리 둘러보았고 마침내 그녀의 차를 발견했다. 최진유
는 그녀 쪽으로 걸어오는 대신 손짓을 했다. 그녀는 최진
유에게 시선을 고정한 채 차에서 내렸다. 바람 때문에 머
리카락이 아무렇게나 흩날렸다. 눈을 뜨기가 어려울 정도
의 강풍이었다. 최진유는 힐끗 그녀를 보더니 뒤를 돌아
성큼성큼 구도심 골목 안쪽으로 걸어가기 시작했다. 그녀
는 걸음을 멈추고 최진유의 뒷모습을 향해 소리쳤다.

"당신 남편이 나를 설득하라고 여기로 보냈어요?"

문득 걸음을 멈춘 최진유가 뒤를 돌아보았다. 두 손을
주머니에 쏙 집어넣고 미소를 짓고 있었다. 최진유의 미
소는 상황에 어울리지 않게 천진난만했다. 잠시 후 최진
유가 소리를 지르듯이 대답했다.

"내 남편은 나를 그런 식으로 어디론가 보낼 수 없어요.
무슨 말인지 알아듣겠어요?"

그 목소리가 텅 빈 골목에 한동안 머물다가 사라졌다.

무슨 말인지 알아들을 수 없어, 하고 생각하며 그녀는 최진유에게 천천히 걸어갔다. 거리가 가까워졌을 때는 새삼스럽게도 최진유의 키가 너무 크다는, 그런 생각을 하고 있었다. 거침없이 그녀에게 다가온 최진유가 팔짱을 꼈다. 친근감의 표시는 아닌 것 같았다. 너무 꽉 잡은 탓에 그녀의 팔이 저릿했다. 그녀는 어쩔 수 없이 최진유의 보폭에 맞추어 걸어야만 했다. 엿들을 사람 하나 없는데 최진유는 상체를 숙이고 그녀 쪽으로 얼굴을 바짝 붙인 채 속삭이듯 말했다.

"물론 내 남편이 당신을 만나러 가달라고 부탁했다면 그렇게 했을 거예요. 남편이 하는 일은 내게도 중요하니까. 하지만 아니에요. 남편이 나를 보낸 게 아니에요. 나는 온전히 내 의지로 당신을 만나러 여기에 온 거예요."

그들은 그렇게 마치 한 몸처럼 딱 붙은 채로 금이 간 벽의 건물, 한번도 닦은 적이 없는 것 같은 창문, 녹이 슨 철제문, 정체를 알 수 없이 얼기설기 엮인 줄, 전등이 깨진 가로등, 제 역할을 못하는 CCTV, 길에 널브러진 쓰레기봉투, 길고양이들……을 지나 안쪽으로 계속 걸어 들어갔다. 그녀의 머리카락이 바람에 흩날리다가 얼굴에 들러붙었다. 바람 때문에 눈이 시렸다. 최진유의 트렌치코트 밑자락이 펄럭거렸다.

어느새 빗방울이 약하게 떨어지기 시작했다. 건물들은 사라졌다. 도대체 어디로 가는 거지? 그녀는 비에 젖은 머리카락을 귀 뒤로 넘기려고 노력하며 최진유를 올려다보았다. 최진유의 입가에는 희미하지만 자신만만한 미소가 남아 있었다. 비도 바람도 상관없어,라고 말하는 듯한. 얼마나 걸었을까? 이제 길은 두 사람이 딱 붙은 채로 겨우 지나갈 수 있을 정도로 좁아졌다. 길의 양옆으로는 몸을 굽혀야만 들어갈 수 있을 것 같은 작은 출입문과 성인의 손바닥 두개만 한 창문이 있는 낮은 건물들이 다다닥 붙어 있었다. 비는 그쳤지만 바람은 더 강해졌고 기온도 갑자기 내려간 것 같았다. 그녀의 코끝이 빨개졌고 눈에 눈물이 맺혔다. 하지만 괜찮다고, 그녀는 생각했다. 그건 순전히 신체적인 반응이었으므로.

그들은 미로 같은 길을 따라 계속 걸었다. 갑자기 막다른 골목이 나타났고 최진유가 걸음을 멈추었다. 입구가

보이지 않는 조그마한 집(그녀는 생각했다. 도대체 저기
에 사는 사람은 어떻게 드나드는 거야?)의 손바닥만 한 창
에서 흘러나오는 경미한 빛 속에 그들은 남아 있었다. 최
진유가 팔짱을 풀자 그녀는 갑자기 차가운 우주 속으로
무자비하게 내던져진 것 같은 기분이 들었다. 그녀 자신
도 놀랄 정도로 쓸쓸해졌다. 그녀는 두 팔로 자신의 몸을
감쌌다. 다시 주머니에 두 손을 쏙 집어넣은 최가 그녀를
내려다보며 고요한 목소리로 말했다.

"공청회에 참석해요. 거기서 거짓 증언을 해요."

최진유가 '거짓'이라는 단어를 너무나 힘 있고 분명하
게 발음했기 때문에 그녀는 순간적으로 '거짓'의 의미를
다른 식으로 받아들일 뻔했다.

"뭐라고요?"

"당신 같은 사람들…… 어떤 선택을 할지 너무 불 보듯
뻔하거든요."

"내가 어떤 사람인데요?"

한동안 최진유는 그녀를 바라보았다. 그녀에게 다가와
마구 헝클어진 채로 볼에 달라붙은 머리카락을 귀 뒤로

넘겨줬다. 쓸데없는 짓이야,라고 그녀는 생각했다. 또다시 불어오는 바람에 헝클어질 테니까.

"난 그러니까, 당신이 제대로 된 선택을 하기를 바라는 거예요."

이렇게 말한 뒤 최진유는 그녀에게서 두어걸음 멀어졌다.

"그렇게 할 거예요."

"당신이 생각하는 제대로 된 선택이라는 게 뻔하죠."

이제 최진유의 말투에는 조롱기가 묻어 있었다. 순전히 그 말투 때문에 그녀는 분노가 치밀어 올랐다.

"여론을 조작하고 거짓말을 하고 사람들 마음을 조종하는 걸 보고만 있지 않을 거예요. 누군가의 기억을 없애는, 그렇게 중요한 문제를 순전히 자신들의 이익과 연결해서 생각하는 사람들을 멈추게 만들 거예요."

"당신이 정말 그렇게 할 수 있다고 믿는 거예요? 모르겠어요? 당신이 무슨 수를 쓴다 한들 당신이 원하는 그런 결말은 나지 않아요. 당신만 망가질 뿐이죠."

"나를 위하는 척하지 말아요. 당신이나 당신 남편이나

둘 다 아주 역겨우니까."

최진유가 웃었다. 소리 내어서 웃었다.

"그래요. 인정할게요. 당신이 그들의 일을 조금 어렵게 만들 수는 있겠지만, 그리고 어느 정도의 피해는 입힐 수 있겠지만, 겨우 그 정도예요. 이 도시는 절대 변하지 않아요."

그녀는 최진유를 노려보았다. 최진유의 표정이 순식간에 차가워졌고 말투는 이루 말할 수 없이 냉정해졌다.

"역겨워할 필요도 없어요. 난 당신을 위해서 이런 말을 하는 게 아니니까. 하지만 잘 생각해봐요. 당신보다 훨씬 더 끔찍한 죄를 저지른 사람들은 아무렇지도 않게 잘 살아가잖아요. 그런데 왜 당신만 그런 불구덩이 속으로 들어가려고 하는 거죠? 무엇을 위해서?"

무엇을 위해서? 차가운 바람이 그녀의 얼굴을 찰싹찰싹 때렸다. 볼이 얼얼하다고 느껴질 정도였다. 최의 코끝이, 양 볼이, 커다란 귀걸이가 달린 귓불이, 추위 때문에 붉어지는 게 보였다. 최진유도 지금 차가운 우주 속으로 던져진 것 같은 기분을 느끼고 있을까? 그런 궁금증 때문에 그녀는 가슴이 울렁거렸다.

"내가 공청회에서 거짓 증언을 하면 당신이 얻는 게 뭐예요?"

그녀는 쥐어짜듯이 질문했다. 최진유가 손등으로 코끝을 슥 문지른 후 트렌치코트 깃을 올리며 대답했다.

"지금 진행 중인 남편의 프로젝트가 성공하면 내게도 이득이 돼요. 단순히 우리가 부부라서 그렇다는 게 아니라…… 내가 이용할 수 있는 목록이 늘어난다는 의미예요. 오해는 하지 말아요, 나는 남편을 사랑해요. 쇼윈도 부부라거나 그런 게 아니란 말이에요. 하지만 나는 내가 원하는 걸 얻을 수 있다면 뭐든 이용할 거예요."

"당신이 원하는 게…… 뭔데요?"

잠시 최진유의 얼굴에 미소가 떠올랐다가 사라졌다. 그녀는 그 미소가 무엇을 뜻하는지 알 수 없었다. 최진유는 그들이 걸어온 길, 그 길 양옆으로 늘어선 그 허술하고 조잡한 집들을 손가락으로 가리켰다.

"난 여기에 사는 아픈 여자들을 돕고 있어요."

"아픈 여자들이요?"

"당신이 그날 밤에 만났던 여자 노숙자들을 돕는 것도

내 일 중에 하나예요. 그 여자에게 유튜브에 나가서 거짓말을 하게 한 것도 나, 아니 내가 속한 단체에서 한 일이에요. 그 여자들은 계속 자유롭게 살기를 원하죠. 그런 여자들이 건강하고 자유롭게 살 수 있도록 돕는 거예요."

"그 여자들도 아파요?"

최진유가 고개를 끄덕였다.

"아픔을 스스로 선택한 여자들도 있고 원한 적 없지만 아파야만 했던 여자들도 있죠. 어쨌든 아프다는 건 똑같아요."

"그래서요?"

"난 힘이 필요해요. 그걸 원해요."

최진유가 아까처럼 그녀에게 성큼 다가왔다.

"이 도시에서 당신이 얻을 수 있는 게 있다면 그게 뭐든 무조건 그걸 잡아야 해요. 잡고 절대 놓치지 말라는 말이에요."

"그건 진실을 배반하는 거예요."

그녀는 자신이 그런 말을 할 자격이 없다는 걸 알고 있었다. 이미 그녀는 자기 자신을 배반했으므로…… 용의자에게 그런 식으로 폭력을 행한 순간, 그녀는 자신을 배반한 거나 마찬가지였다. 그게 딱 한번뿐이라고 할지라도, 딱 한번뿐인 실수라고 할지라도, 그런 일을 저지른 게 바로 자기 자신이라는 사실은 변하지 않으리라고, 그녀는 생각했다. 그럼 어떻게 해야 해? 그런 나를 계속 안고 살아가는 이 기분을 어떻게 해야 해? 하지만 이번에도 답은 정해져 있었다. 그런 자신을 안고 살기로 한 바로 그 결정이 그녀 자신이기도 했다.

"진실? 진실이 도대체 뭐죠?"

"그걸 몰라서 묻는 거예요?"

정말로 모르겠다는 듯한 그녀의 표정 때문에 최진유는 어이가 없다는 듯 눈을 질끈 감았다가 떴다.

"아까 여기 초입에 서 있는 건물에 붙어 있는 두가지 현수막을 봤죠? 자신들을 내버려두라고 적힌 것과 자신들을 고쳐달라고 적힌 것 말이에요. 그 둘 중 뭐가 진실이라고 생각해요?"

그 둘 중 뭐가 진실이냐고? 그녀는 대답할 말을 찾지 못했다.

"그들을 내버려둘 거예요? 아니면 그들을 고칠 거예요?"

그녀는 여전히 아무런 대답도 하지 못했다.

"둘 다 진실이에요. 진실은 그런 거예요. 내 말 알겠어요?"

최진유는 화가 난다는 듯이 덧붙였다.

"좋아요, 당신이 말하는 그 진실이라는 거, 그게 사람들에게 받아들여진다 한들 그 유효기간이 얼마나 될 것 같아요?"

그녀는 고개를 흔들었다.

"진실에는 유효기간이 없어요."

"정말로 그렇게 생각해요?"

그렇다고 대답해야 했다. 하지만 그런 말이 쉽사리 나오지 않았다. 최진유가 다시 물었다.

"당신이 정말로 원한 게 뭐였어요?"

이제 그녀는 주눅이 들었다. 온몸에 힘이 빠지는 것 같았다. 최진유는 이런 기회를 놓치지 않겠다는 듯 그녀를 몰아붙이고 싶어서 똑같은 질문을 다시 던졌다.

"당신이 정말로 원한 게 뭐냐고요."

그토록 여러번 받아왔던 질문이었지만 그 순간 그녀는 경찰서에서 쫓겨난 뒤(이제 다른 표현은 떠올릴 수 없었다), 밤마다 자신을 괴롭히던, 장기의 미세한 움직임이 피부를 통해 전달되는 듯한 바로 그 느낌이 순식간에 되살아나는 것 같았다. 하지만, 달랐다. 이전과는 달랐다. 살갗으로 또렷하게 전달되는 어지럽고 혼돈스러운 힘, 그 미세하고 조잡한 활력이 있었다. 그녀는 고개를 숙이고 세차게 저었다. 최진유가 손으로 그녀의 턱을 들었다.

"당신이 거짓 증언을 하면, 경찰 측에서는 당신이 '유산'을 경험한 '약한' '여자' 경찰이라는 점을 강조할 거예요. 심신미약 상태여서 제대로 된 판단을 내릴 수 없었다고. 그래서 그날 밤 당신이 다칠 수밖에 없었다고 말이에요. 그러면 당신에 대한 동정 여론이 일어날 거예요. 그러고 나면 내가 속한 단체에서는, 당신을 '경찰'이 아닌 '여성'으로 대하는 경찰 측의 태도를 비난하는 성명을 발표할 겁니다. 당신이 아주 유능한 경찰이라는 점을 부각시킬 거고 당신이 해결한 수많은 사건, 경찰로서 당신의 평판을 부각시킬 거예요. 유능한 경찰이었던 당신이 배려받지 못한 부분을 부각시킬 겁니다. 분명히 논쟁이 일어날 거예요. 갈등이 일어날 거예요. 갈등이 표면에 드러나는 것, 그게 내가 원하는 거예요."

"왜…… 그런 걸 원하는 건데요?"

"갈등이 표면에 드러나지 않으면 아무것도 바뀌지 않으니까. 이봐요, 이건 누가 옳고 그른가를 따지는 게 아니에요. 이건 삶이고, 싸움이에요. 더 많은 사람들을 살리기 위한 싸움이요. 우린 이길 수도 있고 질 수도 있어요. 우리가 해야 하는 건 이기기 위해 최선을 다하는 거예요."

그녀가 무언가 반박하려고 하자 최진유가 그녀의 말을 막았다.

"아까 진실에 대해 말했죠. 맞아요. 당신 말이 맞아요. 진실은 중요하죠. 하지만 그게 어디에 있어요? 여기?"

그렇게 말하며 최진유는 낮은 집이 늘어선 길을 가리켰다.

"저기?"

최진유는 저 멀리 높게 솟은 신시가지의 최신식 고층 빌딩을 가리키며 물었다.

"아니면, 저기?"

그리고 이번에는 아무것도 보이지 않는 어두운 밤하늘을 가리켰다. 별도 보이지 않는, 저 멀리 우주의 암흑에 닿아 있는 확장된 공간, 세계, 세계의 전부. 절대로 인간은 가닿을 수 없고 헤아릴 수도 없는 그 전부.

"잘 생각해보란 말이에요."

최진유는 그녀에게 더 가까이 다가왔다. 주머니에 두 손을 집어넣은 채 그녀를 내려다보았다. 그녀는 최진유의 눈을 피했다. 최진유는 어쨌든 상관없다는 듯 두어걸음 뒤로 물러났다. 그러고는 낮은 목소리로 그녀에게 말했다.

"제발, 똑똑히 보라고요."

이제 최진유는 뒤돌아서 아까 걸어왔던 골목을 따라 혼자 걷기 시작했다. 그녀는 몸이 굳은 사람처럼 그저 눈만 끔벅거리며, 멀어져가는 최진유의 뒷모습을 바라보고만 있었다.

갑자기 걸음을 멈춘 최진유가 몸을 돌렸다. 그리고 그녀에게 소리쳤다.

"당신이 원하는 건 당신의 몸에 새겨져 있어요. 당신의 심장박동이 알려준다고요. 그걸 얻기 위해 이용할 수 있는 게 있다면 모두 다 이용해버리란 말이에요!"

그리고 최진유는 성큼성큼, 아까보다 훨씬 더 빠른 속도로 멀어져갔다. 그녀는 그렇게 거기에, 자신이 어디에 있는지 가늠할 수조차 없는 어두운 길 끝에 홀로 남겨졌다. 바람이 한층 강해지고 차가워졌다. 눈앞이 먹먹했다. 그녀는 최진유의 말이 틀렸다는 걸 알았다. 최진유의 논리는 그저 약아빠진 자기변명에 불과했다. 무언가를 얻기 위해 수단과 방법을 가리지 않는 사람들의 비겁한 핑계였다. 옳은 일을 위해 옳은 일을 행하는 사람들이 여전히 이 도시에 남아 있을 것이었다. 커다란 손해와 결손을 감수하고서라도 지켜야 할 것을 마땅하게 지키는 사람들이 있을 터였다. 최진유는 조소하듯 어두운 하늘을 가리켰다. 진실이 바로 저기에 있나요? 그래, 바로 거기에 있었다. 아니, 거기에 있는 게 아니라 그만큼 그건 거대하고 장대한 영역에 속한 것이었다. 그녀는 중얼거렸다. 그 모든 것이 실패로 돌아간다 해도 내가 망가지더라도, 그러니까 망가지는 건 나 자신뿐일지라도…… 그래도 괜찮아……

이 도시의 아무것도 변하지 않게 되더라도…… 오, 정말로 그렇게 된다면, 어떡하지? 그녀는 두려운 마음이 들었다. 몸이 덜덜 떨렸는데 추위 때문인지, 아니면 다른 이유 때문인지 알 수 없었다. 코끝이 차가워지다 못해 얼어붙은 것 같았다.

그녀는 그동안 무음으로 해놓았던 휴대전화를 주머니에서 꺼냈다. 남편에게서 온 부재중 통화가 몇 통. 그뿐이었다. 스멀스멀 올라오는 실망감을 애써 모른 척하며 전화기를 다시 집어넣으려는 찰나, 휴대전화 화면에 임의 번호가 떴다. 뻔한 일이었다. 최진유가 자신을 만난 걸 알려줬으리라. 그리고 전화를 걸어보라고 말했을 것이다. 그녀는 공청회에 가서 거짓말을 한 준비가 되어 있어,라고 말했을까? 그녀는 고개를 흔들었다. 아니야, 아닐 수도 있어. 임윤성은 그저 내가 걱정이 되어서 전화를 걸었을지도 몰라. 그녀는 그런 생각을 하는 자신에게 몸서리가 쳐졌다.

그리고 다시 임윤성의 전화번호가 그녀의 휴대전화에 떴다. 임윤성은 반복해서 전화를 걸었다. 그녀가 받을 때까지 멈추지 않을 참인 것 같았다.

당신이 정말로 원한 게 뭐냐고요. 여름밤, 구도심을 헤매며 나 자신이 그토록 갈구했던 게 대체 무엇이었을까? 최진유는 말했다. 이용할 수 있는 게 있다면 모두 다 이용해버리란 말이에요! 이율배반, 약아빠진 자기변명. 진실은 저 멀리, 인간의 사고방식으로는 헤아릴 수조차 없는 그 끝없는 공백을 향해 펼쳐져 있었다. 그에 비하면 그녀 자신의 존재는, 신체는 얼마나 보잘것없이 작디작은 것인가? 하지만…… 문득 그런 생각이 들었다. 인간의 신체 역시 인간의 사고방식으로는 헤아릴 수 없는 공백을 포함하고 있는 거야. 매일 죽고 매일 태어나는 삼천삼백억개의 세포들, 호르몬의 작용, 복잡한 뉴런들의 연결…… 그녀는 언젠가 책에서 읽은 구절을 떠올렸다. 한걸음을 디딜 때마다 신체에서 일어나는 그 모든 과정은 너무 복잡해서 절대로 언어로 기술할 수 없다고……

심연 대 심연.

그녀는 고개를 흔들었다.

그때 좁은 길의 양옆으로 늘어서 있던 집들 중 하나의

자그마한 문(세상에 바로 저게 문이었구나! 그녀는 놀랐다)이 벌컥 열리더니 염색하지 않은 흰머리를 부스스하게 길게 기른, 담요로 온몸을 둘둘 감싼 늙은 여자가 슬리퍼 차림으로 천천히 걸어 나왔다. 열린 문에서 나온 미약한 빛이 어두운 땅에 기다랗게 비추어들었다. 늙은 여자는 바로 그 빛 위에 서서 어리둥절한 표정으로 그녀를 바라보았다. 스스로 고통을 선택한 여자, 절대로 그런 걸 원하지 않았지만, 고통을 당했던 여자. 그녀는 그 늙은 여자에게 당신은 어느 쪽이냐고 묻고 싶었다. 하지만 그런 질문이 부질없다는 걸 그녀는 알 것 같았다. 고통은 고통일 뿐이므로. 고통은 환상이 아니므로. 그래, 고통은 환상이 아니었다. 늙은 여자의 표정이 서서히 변하기 시작했다. 마치 슬로비디오를 튼 것처럼, 그녀의 눈앞으로 늙은 여자의 표정이 변화하는 과정이 아주 천천히 흘러가는 것 같았다. 이제 그 희미한 빛의 한가운데에서 그 늙은 여자는 이루 말할 수 없는 적대감과 분노가 가득한 표정으로 그녀를 노려보고 있었다.

그녀는 임윤성의 번호가 뜨는 휴대전화에 시선을 주었

다가 결국 전원을 눌러 껐다. 휴대전화를 주머니 깊숙한 곳에 밀어넣은 뒤 그 늙은 여자의 눈을 똑바로 바라보기 시작했다. 늙은 여자가 패배를 시인하고 눈을 피할 때까지 그곳에서 절대 움직이지 않겠다고 속으로 다짐하면서.

* 작품 속에 언급된 과학기술은 뇌와 컴퓨터를 연결하는 뇌-컴퓨터 인터페이스(BCI) 기술, 특정 기억을 생성하는 신경세포의 활동을 억제하는 기술 등을 모티프 삼아 소설적 가공을 거쳤다.(『가디언』, 과학 웹진 '사이언스 온' 등의 기사를 참고했다.) 소설에 등장하는 기술, 인물, 사건, 조직 등은 완전한 허구이다.

안전해지고 싶다는 감각

읽어본 사람이 거의 없을 것 같은데, 나는 2016년에 「리틀 걸 블루」라는 단편소설을 썼다. 그 당시 나는 소설 쓰는 것에 굉장한 어려움을 느끼고 있었다. 음…… 어려움은 언제나(지금도) 느끼니까 새로울 것이 없지만, 그때에는 쓰는 것 자체가 아니라 쓰는 나 자신에 대한 감정 때문에 늘 혼란스러웠다. 나는 내가 뭘 쓰고 싶고 뭘 쓰기 싫은지, 혹은 뭘 쓸 수 있고 뭘 쓸 수 없는지 그런 것들 때문에 (이 표현이 정확한 것 같은데) 당황스러웠다. 내가 품고

있는 세계가 확장되지 못하고 하찮게 쪼그라든다는 느낌
에 시달렸다. 연차 수가 꽤 찼는데도 여전히 나 자신을 소
설가라고 소개해도 되는지 확신이 서지 않았다. 그런 생
각들의 정점에서 쓴 소설이 바로 「리틀 걸 블루」였다.

그 당시 나는 용산에서 살고 있었다. 정확하게는 2013년
12월부터 2017년 12월까지 그곳에서 살았다.

용산역 뒤편에는 한강으로 이어지는 일종의 지름길이
있다.(한강에서 불꽃축제를 하는 단 하루를 제외하면 언
제나 한적한 그 길.) 그 길 왼쪽으로는 높은 철제 벽이 길
게 이어진다. 용산업무지구로 지정되었으나 개발이 무산
된 곳. 지정된 게 2001년, 무산된 게 2013년이었는데 우리
가 사는 내내 그곳은 언제나 그렇게 커다란 벽이 쳐져 있
는 채로 남아 있었다. 오른쪽으로는 오래된 단층 건물들
이 다닥다닥 붙어 있는 (일종의) 마을이 조성되어 있었다.
철제 벽과 마을을 양쪽으로 두고 죽 걸으면 기차가 지나
다니는 건널목이 나왔다. 땡땡거리. 기차가 지나갈 때마다
차단기가 내려가면서 땡땡 소리가 난다고 해서 붙여진 이
름이었다. 그 주위는 서울 한복판이라고는 믿을 수 없을

정도로 정겨운 분위기를 풍겼다. 땡땡거리를 지나 한강 쪽으로 더 걸어 올라가면 한강변으로 아파트들이 죽 늘어서 있는 구역이 나왔다. 우리가 살았던 아파트로 가려면 기찻길을 지나다가 오른쪽으로 꺾어 들어간 후 50미터가량 더 걸어 들어가야 했다.

용산역과 한강변 아파트 사이, 대략 1킬로미터의 길이 품고 있던 그 다양하고 이질적인 풍경들.

물고기군님, 그리고 고양이 고로와 칸트와 그 집에서 살겠다고 결정했을 때 부모님들의 호오가 갈렸다. "주위가 너무 위험한 거 아니야?" 우리 아버지의 표현은 사태를 과장한 것이긴 했지만 그렇다고 완전히 틀린 말도 아니었다. 우리가 입주하려는 곳은 (흔히 말하는) '나홀로 아파트'였고 당시만 해도 아파트로 가는 길에 가게 하나 없이 으슥했으며, 아파트 정문 바로 옆에는 고철을 모아 둔 커다란 공터(철조망으로 주위를 둘러친)가 있었다.

우리 어머니의 의견은 아버지와 달랐다. "이렇게 시야가 트여 있으니까 얼마나 좋아. 저기 멀리 한강도 보이잖아." 여기에도 과장이 있지만, 이 말 역시 아예 틀린 건 아니었다. 손바닥만큼이긴 했지만 한강이 보이긴 보였으므로. '한강뷰'가 가능했던 건 그 근방의 개발이 무산되었기 때문이었다. 내가 알기로 원래 계획은 용산업무지구를 만들고, 기찻길을 지하화하고, 낮은 집이 모인 일대를 재개발하는 것이었다. 만약 그렇게 되었다면 우리 집에서 보이는 풍경은 완전히 딴판이었을 것이다. 아니다. 전세금이 너무 비싸서 우리는 그곳에서 살지도 못했을 것이다.

「리틀 걸 블루」를 쓸 당시 나는 좌절감에 휩싸여서 밤마다 집 밖으로 나가 여기저기를 정처 없이 걸어다니곤 했다. 늦가을 어느 날, 차가운 바람이 불어오기 시작하던 때. 점퍼를 입고 모자를 쓴 채로 아파트 정문을 나온 나는 힘없이 걷다가 왼쪽으로 발걸음을 꺾는다. 그리고 낮은 건물들이 다닥다닥 붙어 있는 마을 골목으로 걸어 들어간다. 어둡다. 골목은 점점 좁아지고 늘어선 집들의 창문이 점점 작아진다…… 정말 그랬나? 나는 그렇게 기억하는데 실제로 그랬는지는 모르겠다. 내가 어디에 있는지 모르겠다는 생각을 한 것만은 정확하게 기억이 난다. 길을 잃은 건지도 모른다는 사실이 나를 불안하게 만들지는 않았다. 왜냐하면 길은 어디로든 통할 테니까.(이건 몇 안 되는 내 삶의 신념 중 하나이다.) 정말 그랬다. 정처 없이 걷다보니 나는 어느새 땡땡거리에 도달해 있었다.

엑스 자 모양의 차단기 앞에 쓰인 멈춤,이라는 글자. 점퍼 주머니에 손을 넣고 문득 고개를 들자 저 너머 용산역 앞에서 공사 중인 사십층짜리 건물이 눈에 들어왔다. 건물 위쪽에서 쉴 새 없이 반짝거리는 붉은 불빛. 그즈음 공사는 거의 막바지에 이른 상태였다. 차가운 바람 때문에 코끝이 시렸다. 1킬로미터 남짓 떨어진 곳이었지만 어쩐지 내게서 너무나 멀리 있는 것처럼 느껴졌다. 방금 내가 지나온 마을과는 더더욱 멀리 떨어져 있는 것 같았다.

완전히 다른 식의 삶.

하지만 나는 내가 하는 이런 생각이 잘못된 것이라는 사실을 알았다. 오만불손. 저기도, 여기도 사람이 사는 곳이었다. 그 삶의 질을 평가할 근거가 내게는 없었다. 아니다, 그런 구분을 하는 것 자체가 죄악이었다. 우리가 용산에서 사는 내내 기찻길 주변을 재개발하느니 마느니 용산업무지구에 대한 개발이 시작되느니 마느니 하는 이야기가 오고 갔다. 우리는 어차피 떠날 사람들이었고 개발과는 아무런 상관도 없었다. 하지만 가끔은 궁금했다. 정말로 그런 일이 일어난다면, 이 구역이 개발된다면, 저기에 살고 있는 사람들은 어디로 가게 될까? 기찻길 부근에서 옛날식 통닭을 팔던 호프집 주인은 어디로 가야 하지? 철제 미닫이문을 열고 들어가야 하는 부동산 주인은? 오래된 마네킹이 쇼윈도 안에 서 있는 옷가게 주인은?

또다시 끔찍한 일들이 벌어지게 될까?

「리틀 걸 블루」는 바로 그러한 감각, 1킬로미터 떨어진 이 지역과 저 지역 사이의 간극을 마음에 품고 썼다. 나는 그 소설이 실패했다고 생각한다.(이건 정말 나로서는 흔치 않은 생각이다. 나는 마침표를 찍으면 일단 성공했다고 나 자신을 잘 속여 넘기는 사람이므로.)

하지만 다른 식으로 말하자면 「리틀 걸 블루」가 실패했기 때문에 이 소설 『세이프 시티』가 탄생할 수 있었다. 아, 그랬다. 「리틀 걸 블루」가 실패했기 때문에 나는 그 소설을 쓸 당시 내 눈 안에 들어왔던 이미지, 그러니까 어두운 밤, 탁한 하늘로 우뚝 솟은 건물, 그리고 마치 이 세상의 모든 비밀을 알아내야 직성이 풀리겠다는 듯 건물 옥상에서 거만하게 뿜어내는 빛의 궤적을 도저히 떨쳐낼 수가 없었다. 나는 그 이미지를 따라 몇편의 소설을 썼고, 결국 지금 이 소설에까지 다다랐다. 몇편의 소설을 더 쓰는 동안 나는 그 오만한 시선이 나 자신의 것일 수도 있다는 사실을 인정해야 했다. 구분 짓고 싶어하는 마음, 우위에 서고 싶은 마음이 나 자신에게도 있다는 것을 인정해야 했다. 안전하다는 (혹은 완전히 안전해지고 싶다는) 감각이 딛고 있는 그 교묘하고 견고한 허위의식을 인정해야 했다. 『세이프 시티』는 어쩌면 나 자신에 대한 그런 참혹한 인정(의 정점) 속에서 쓴 소설이라고 말할 수도 있을 것이다. 동시에 이런 생각도 들었다. 만약 나 자신이 공명정대한 사람이었다면 나는 소설을 아예 못 썼을지도 모른다고. 그렇지 못한 나의 마음이 나를 이 소설들로 이끌었다고.(아, 이건 그저 흔하디흔한 변명일 뿐인가?)

물론 이런 생각들은 「리틀 걸 블루」를 쓸 당시에도, 『세이프 시티』를 연재할 당시에도 하지 못한 것이다. 이건 『세이프 시티』를 연재하고 나서 사년이 흐른 올해 초, 실로 오랜만에 이 소설을 다시 읽는 과정에서 내게 자연스럽게 떠오른 생각들이다. 소설을 쓰는 행위가 나의 마음에 어떤 작용이나 반작용을 일으킨다는 의미도 아니다. 그런 식으로 말하고 싶지는 않다. 당연하다. 소설을 쓰는 행위 자체는 나를 더 나은 인간으로 만들어주지 못한다. 그리고 소설을 쓰는 행위 자체가 나를 더 나쁜 인간으로 만들지도 않는다. 나는 새해가 되면 더 나은 사람이 되기, 라는 목표를 세우고 연말이 되면 올해에도 목표를 이루지 못했다는 생각을 하며 씁쓸한 미소를 지을 것이다. 그리고 정말 이상하게 들리겠지만, 바로 이러한 점이 나를 계속 쓰게 만드는지도 모르겠다.

이십대 중반일 때 나는 블로그에 이런저런 글을 끄적거리고는 했다. 긴 글은 아니었고 그저 내 생각을 아주 짧게 메모해둔 것에 불과했다. 소설가가 될 수 있을 거라는 생각은 언감생심 하지도 못했고 내 삶이 어디로 흘러갈지

도통 알 수 없다고 생각하던 시절이었다. 약간은 에라, 모르겠다,라는 심정으로 살았다고 말해도 좋다. 십년 후의 나, 이십년 후의 나가 어떤 모습이든 그게 무슨 상관이람? 모든 것에 초연한 듯 굴었지만 사실, 마음속 깊은 곳에서는 언제나 약간의 불안함이 부유하던 시절. 그 시절 내 블로그의 글을 읽으러 와주는 (아주 극소수의) 사람들이 있었다. 그리고 놀랍게도 그런 사람들 중 한명이 바로 『세이프 시티』의 편집자님이다. 만약 편집자님의 독려가 없었다면 나는 이 소설을 끝내 출간하지 못했을 것 같다. 『세이프 시티』가 이 세상으로 나올 수 있었던 건 전적으로 편집자님의 공이다. 그리고 출간 준비를 하면서 나는 이십여년 전, 모든 일에 초연한 척하면서도 어쩔 수 없는 불안함을 가지고 살아가던 나 자신을 조금 다른 식으로 바라볼 수 있게 되었다.

그러므로, 이 책을 만드는 동안 충분히 행복했다.

또한 지금 이 글을 쓰는 동안 이런 생각도 든다. 소설가로서 나의 십년 후, 이십년 후가 어떤 모습이든 무슨 상관이랴? 이렇게 또 에라 모르겠다,라는 심정으로 쓰다보면

훗날 지금의 나를 또다른 식으로 볼 수 있는 날도 오겠지.
만약 그런 날이 오지 않는다면? 흠…… 그건 그것대로 나
쁘지 않을 것이다.

세이프 시티

초판 1쇄 발행 • 2025년 7월 25일

지은이 / 손보미
펴낸이 / 염종선
책임편집 / 박지영 이주원
조판 / 신혜원
펴낸곳 / (주)창비
등록 / 1986년 8월 5일 제85호
주소 / 10881 경기도 파주시 회동길 184
전화 / 031-955-3333
팩시밀리 / 영업 031-955-3399 · 편집 031-955-3400
홈페이지 / www.changbi.com
전자우편 / lit@changbi.com

ⓒ 손보미 2025
ISBN 978-89-364-3983-5 03810